„BÜCHER SIND WIE FALLSCHIRME. SIE NÜTZEN UNS NICHTS, WENN WIR SIE NICHT ÖFFNEN."

Gröls Verlag

Redaktionelle Hinweise und Impressum

Das vorliegende Werk wurde zugunsten der Authentizität sehr zurückhaltend bearbeitet. So wurden etwa ursprüngliche Rechtschreibfehler *nicht* systematisch behoben, denn kleine Unvollkommenheiten machen das Buch – wie im Übrigen den Menschen – erst authentisch. Mitunter wurden jedoch zum Beispiel Absätze behutsam neu getrennt, um den Lesefluss zu erleichtern.

Um die Texte zu rekonstruieren, werden antiquarische Bücher von Lesegeräten gescannt und dann durch eine Software lesbar gemacht. Der so entstandene Text wird von Menschen gegengelesen und korrigiert – hierbei treten auch Fehler auf. Wenn Sie ebenfalls antiquarische Texte einreichen möchten, finden Sie weitere Informationen auf www.groels.de

Viel Freude bei der Lektüre wünscht Ihnen das Team des Gröls-Verlags.

Adressen

Verleger: Sophia Gröls, Im Borngrund 26, 61440 Oberursel

Externer Dienstleister für Distribution & Herstellung: BoD, In de Tarpen 42, 22848 Norderstedt

Unsere „Edition | Werke der Weltliteratur“ hat den Anspruch, eine der größten und vollständigsten Sammlungen klassischer Literatur in deutscher Sprache zu sein. Nach und nach versammeln wir hier nicht nur die „üblichen Verdächtigen“ von Goethe bis Schiller, sondern auch Kleinode der vergangenen Jahrhunderte, die – zu Unrecht – drohen, in Vergessenheit zu geraten. Wir kultivieren und kuratieren damit einen der wertvollsten Bereiche der abendländischen Kultur. Kleine Auswahl:

Francis Bacon • Neues Organon • **Balzac** • Glanz und Elend der Kurtisanen • **Joachim H. Campe** • Robinson der Jüngere • **Dante Alighieri** • Die Göttliche Komödie • **Daniel Defoe** • Robinson Crusoe • **Charles Dickens** • Oliver Twist • **Denis Diderot** • Jacques der Fatalist • **Fjodor Dostojewski** • Schuld und Sühne • **Arthur Conan Doyle** • Der Hund von Baskerville • **Marie von Ebner-Eschenbach** • Das Gemeindekind • **Elisabeth von Österreich** • Das Poetische Tagebuch • **Friedrich Engels** • Die Lage der arbeitenden Klasse • **Ludwig Feuerbach** • Das Wesen des Christentums • **Johann G. Fichte** • Reden an die deutsche Nation • **Fitzgerald** • Zärtlich ist die Nacht • **Flaubert** • Madame Bovary • **Gorch Fock** • Seefahrt ist not! • **Theodor Fontane** • Effi Briest • **Robert Musil** • Über die Dummheit • **Edgar Wallace** • Der Frosch mit der Maske • **Jakob Wassermann** • Der Fall Maurizius • **Oscar Wilde** • Das Bildnis des Dorian Grey • **Émile Zola** • Germinal • **Stefan Zweig** • Schachnovelle • **Hugo von Hofmannsthal** • Der Tor und der Tod • **Anton Tschechow** • Ein Heiratsantrag • **Arthur Schnitzler** • Reigen • **Friedrich Schiller** • Kabale und Liebe • **Nicolo Machiavelli** • Der Fürst • **Gotthold E. Lessing** • Nathan der Weise • **Augustinus** • Die Bekenntnisse des heiligen Augustinus • **Marcus Aurelius** • Selbstbetrachtungen • **Charles Baudelaire** • Die Blumen des Bösen • **Harriett Stowe** • Onkel Toms Hütte • **Walter Benjamin** • Deutsche Menschen • **Hugo Bettauer** • Die Stadt ohne Juden • **Lewis Caroll** • *und viele mehr….*

Magda Trott

Puckis Lebenssommer

Erzählung für junge Mädchen

Inhalt

Der fünfzigste Geburtstag

Aus dem Kreise der fröhlich plaudernden Menschen, die in dem prächtigen Gregorschen Garten standen, löste sich ein etwa zehnjähriges Mädchen. Es stieg die Stufen, die zum Hause hinaufführten, empor, blieb oben stehen und schaute mit seinen großen, grauen Augen forschend zurück. Nach einer ganzen Weile winkte das Mädchen einem größeren Jungen zu:

„Komm mal her zu mir!"

Der achtzehnjährige Sohn des Hauses stellte sich neben das Kind.

„Da unten sehe ich viele Menschen; ich kenne sie nicht alle. Du bist mein Vetter Karl, der älteste Sohn von Onkel Claus, du wirst mir gewiß sagen können, wer heute zu euch gekommen ist, um deines Vaters fünfzigsten Geburtstag zu feiern."

„Gewiß, Mabel, das will ich dir sagen! Es ist schade, daß du mit deiner Schwester Regine nicht öfter nach Rahnsburg gekommen bist, du wärest dann nicht so fremd hier bei uns."

Das zehnjährige Mädchen zuckte die Schultern. „Wir waren im vorigen Jahre in Amerika, vor zwei Jahren habe ich mit Mary Paris angesehen, und in den Herbstferien hat uns Eberhard Neapel gezeigt."

„Mary und Eberhard? – Das sind doch dein Vater und deine Mutter?"

„Wir nennen die Mutter immer nur Mary und unseren Vater Eberhard. Er ist doch der Bruder deines Vaters?"

„Freilich, Mabel! Da du Auskunft über die anwesenden Gäste haben willst, werde ich dir alle genau erklären. Meinen Vater, Doktor Claus Gregor, kennst du ja, aber den siehst du nicht da unten – –"

„Ich weiß, er ist drüben in seiner Klinik."

„Ja, er hat als Arzt viel zu tun und muß sich um seine Kranken kümmern, auch wenn er morgen seinen fünfzigsten Geburtstag feiert."

Mabel nickte, und Karl fuhr fort:

„Das dort ist meine Mutter, aber die kennst du ja auch."

Mabel lachte ein wenig. „Natürlich, Pucki kenne ich. Sie heißt auch bei uns immer nur Pucki, wenn wir von ihr sprechen."

„Sie ist deine – Tante Pucki."

„Du bist ihr ältester Sohn Karl, du bist achtzehn Jahre alt. Der dort unten ist dein Bruder Peter, er ist sechzehn Jahre alt, und der dort drüben, der mir äußerlich wenig gefällt, weil er eine zu große Nase hat, ist dein jüngster Bruder Rudolf. Pucki hat drei Söhne, das weiß ich. – Jetzt sage mir, wer die anderen sind."

„Meine Mutter hat zwei Schwestern. Eine ist Tante Waltraut, die andere Tante Agnes. Beide sind verheiratet. Tante Waltraut hat unseren Postmeister geheiratet und hat auch drei Kinder. Schau, dort drüben steht der achtjährige Oskar, neben ihm die sechsjährige Ottilie. Das Mädchen, das meine Mutter an der Hand hält, ist die vierjährige Olga."

„Ich hätte den Kindern hübschere Namen gegeben! Ich heiße Mabel, meine Schwester heißt Regine. Diese Namen klingen besser als Olga oder Ottilie. – Und wer ist der Junge, der gerade Blätter vom Baume abreißt?"

„Das ist der älteste Sohn von Tante Agnes, der Magnus. Er ist genau so alt wie du. Er hat noch eine dreijährige Schwester mit Namen Hella. Sie steht neben ihrer Mutter."

„So? – Die Frau in dem unmodernen Kleide ist deine Tante Agnes? Mit wem ist sie verheiratet?"

„Mit dem Gutsbesitzer Niepel. Niepels haben in der Nähe von Rahnsburg ein großes Gut."

„Es kann kein sehr großes und schönes Gut sein, sonst würde diese Frau ein moderneres Kleid anhaben. Sind die Niepels nicht reich?"

„Tante Agnes hat nicht so viel Geld wie deine Mutter, Mabel. Das schadet aber nichts! Die Hauptsache ist doch, daß man gesund ist und zufrieden bleibt."

„Werden wir morgen eine große Feierlichkeit haben?“

„Wir sind alle zu Vaters fünfzigsten Geburtstag zusammengekommen, um ihm Glück und Gesundheit zu wünschen.“

„Gibt es heute als Vorfeier ein Feuerwerk?“

„Nein, Mabel, Feuerwerk knallt; es würde die Kranken in der Klinik zu sehr erschrecken.“

„Es gibt auch Feuerwerk, das nicht knallt. – Schade, wir hätten aus Bremen etwas mitbringen sollen. Hier in dem kleinen Ort, in dem ihr lebt, wird natürlich derartiges nicht zu haben sein. – Bremen ist auch nur eine kleine Stadt, wenn man es mit Neuyork oder Chikago vergleicht. Das sind große Städte.“

„Aber Bremen ist eine schöne, alte, deutsche Stadt. Ich glaube übrigens, deutsche und amerikanische Städte kann man gar nicht vergleichen!“

„Mary hat in ihrer Jugend, ehe sie heiratete, aber in Neuyork gelebt. Sie bewohnte natürlich im Sommer ein herrliches Landhaus. Mit dem Auto ist sie immer gefahren. – Kannst du auch fahren, Karl?“

„Noch nicht, ich werde es aber lernen.“

Mary lachte laut auf. „Ich kann schon fahren!“

„Na, na!“ sagte Karl lächelnd. „Du mit deinen zehn Jahren darfst dich noch gar nicht ans Steuer setzen.“

„Das weiß ich allein! – Ich fahre den Wagen oftmals aus der Garage hinaus, und Mary hat nichts dagegen. Ich kenne alle Handgriffe! Ich fahre daheim im Park umher, sause durch die Wege, nehme geschickt alle Ecken – –“

„Das würde ich dir nicht erlauben, Mabel! Du solltest Roller fahren oder meinetwegen ein Kinderauto. Meine Mutter würde dir niemals die Erlaubnis geben, schon jetzt Auto zu fahren.“

Das zehnjährige Mädchen zog die Oberlippe hoch. „Welch ein Glück, daß ich nicht die Tochter von Pucki bin! Mary erlaubt mir alles! Ich finde es schön und richtig, und dabei bleibt es!“

„Was ein zehnjähriges Mädchen schön findet, ist nicht immer richtig."

„Du bist ein langweiliger Mensch, Karl! – Ich werde jetzt zu dem kleinen Magnus gehen. Der Junge macht mir mehr Spaß. Er hat schon zweimal hinter dem Rücken seiner Mutter einen Strauch abgerupft. Oh, der sieht pfiffig aus! Ich will mich mit dem kleinen Jungen ein wenig unterhalten."

„Magnus Niepel ist genau so alt wie du, Mabel."

„Magnus Niepel ist der Sohn von der Frau in dem altmodischen Kleid, die den Gutsbesitzer geheiratet hat. – Ich bin im Bilde."

„Ja, er ist der Sohn von Tante Agnes."

„Mir gefällt Magnus."

Mit diesen Worten sprang das Kind die Stufen hinab. Karl Gregor schaute ihm sinnend nach. Er wußte, daß Onkel Eberhard, der die reiche Amerikanerin Mabel Backer geheiratet hatte, sich wenig um seine beiden Kinder kümmern konnte, da er als Oberingenieur einer Schiffswerft viel unterwegs war. Mary, seine Frau, erzog die Kinder gänzlich amerikanisch, ließ ihnen jede Freiheit, duldete jede Verschwendung und war der Meinung, daß ein Mädchen von zehn Jahren schon ein junges Mädchen sei. Mabel Gregor trieb viel Sport, besaß ein eigenes Boot, hatte ein Reitpferd, lief im Winter Ski und machte große Reisen.

Wie ganz anders hatte Karl mit seinen Geschwistern Peter und Rudolf die Jugend verlebt. Von liebenden Eltern treu behütet, waren sie alle herangewachsen. Nun stand Karl kurz vor dem Abiturientenexamen. Der einstmals schwache und kränkliche Peter hatte sich prächtig entwickelt und war ebenfalls ein guter Schüler wie sein Bruder Rudolf. Mit der größten Liebe und Verehrung schauten alle drei zu ihren Eltern auf. Der Vater besaß eine Klinik, die er aus eigener Kraft durch sein großes Können mehr und mehr erweitern konnte. Die Mutter, voller Güte, war der gute Geist des Hauses; sie hatte für jeden ein liebes Wort. Karl verehrte seine Mutter, die überall immer noch „Pucki" hieß, geradezu schwärmerisch. Er konnte sich keine bessere Frau denken, als die noch immer jugendlich aussehende Mutter mit den fröhlichen Augen und dem lachenden Munde.

Währenddessen ging Mabel Gregor durch den großen Garten, in dem die Klinik Doktor Gregors lag. Langsam trat sie an den zehnjährigen Magnus heran.

„Ich langweile mich. – Kommst du mit mir? Wollen wir uns mal den Hof und die Ställe ansehen? Oder wollen wir nach der Garage hinübergehen? Ich möchte wissen, was Onkel Claus für einen Wagen fährt."

„Einen grauen", erwiderte Magnus.

„Du bist ja dumm", entgegnete Mabel, „ich meine doch, welche Marke. Wir haben zwei Wagen. – Habt ihr auch einen Wagen?"

„Viele – –"

„Viele? – Wie viele denn?"

Magnus spreizte die Finger und meinte nach kurzem Nachdenken: „Mehr als zehn Wagen."

„Unsinn! Zehn Autos hat niemand."

„Doch, wir haben zehn Wagen! Auf vier Wagen bin ich schon gefahren. Bist du schon einmal auf einem Leiterwagen gefahren? Du, das ist fein, das rüttelt und schuckelt furchtbar!"

„Du bist wirklich dumm!"

„Ich bin nicht dumm. – Du bist dumm!"

„Ich und dumm?" Mabel lachte spöttisch. „Ich bin schon nach Amerika gefahren, mit einem großen Luxusdampfer."

„Ich bin auch schon auf einem Schiff gefahren, aber auf 'nem ganz kleinen. Mutti hat gerudert."

„Na ja", meinte Mabel wegwerfend, „du bist schließlich ein Junge vom Lande, mit dir kann man nicht reden."

Verärgert stieß Magnus Mabel in die Seite, doch die zwickte dafür den Vetter kräftig in den Arm. Da hob der Knabe die Hand und wollte nach Mabel schlagen.

Pucki sah das, wandte sich um, drohte Magnus mit dem Finger und sagte: „Aber Magnus, ein Junge schlägt niemals ein Mädchen."

„Dann zwickt ein Mädchen einen Jungen auch nicht in den Arm", kam es prompt zurück.

„Ich sehe schon", lachte Pucki, „ihr benehmt euch wie die kleinen Kinder."

„Ich bin kein kleines Mädchen mehr, das habe ich dir schon heute früh gesagt, Pucki, und dabei bleibt es!"

„Nein, mein Kind, dabei bleibt es noch lange nicht! – Und nun vertragt euch wieder. Ihr werdet doch nicht Unfrieden stiften, da morgen eures Onkels Geburtstag ist. Bei Tante Pucki geht alles in Ruhe und Frieden ab."

„Ja, ich habe schon von Mary gehört, daß du eine fabelhafte Frau bist, Pucki. – Du gefällst mir auch!" Mit diesen Worten ging das kleine Mädchen wieder davon.

In diesem Augenblick kamen Waltraut, Puckis Schwester, und Mary Gregor, ihre Schwägerin, aus dem Hause heraus. Die Amerikanerin wollte durchaus die Klinik des Schwagers sehen; Waltraut hatte die Führung übernommen.

„Wirklich schön", rief Mary ihrer Schwägerin Pucki zu, „vergrößert habt ihr euch auch. Ich hätte nicht gedacht, daß in einem so kleinen Ort wie Rahnsburg eine Klinik bestehen kann. Auch mein Vater hatte damals Bedenken."

„Wir sind deinem Vater bis auf den heutigen Tag zu großem Dank verpflichtet, liebe Mary. Er war es ja, der uns einst die Mittel zur Verfügung stellte, die Klinik sogleich neuzeitlich einzurichten."

„Und ihr merkwürdigen Menschen habt nicht eher geruht, als bis ihr das Darlehn abgezahlt hattet. Waltraut erzählte mir, daß ihr euch persönlich manche Beschränkung auferlegen mußtet, nur um alte Verpflichtungen abzuzahlen. Meine Eltern hätten euch niemals gedrängt. Ich möchte dir heute noch einmal sagen, liebste Pucki, daß du von mir zu jeder Zeit Geld bekommen kannst. Ich bin ja so ein beklagenswertes Geschöpf, keine Verwandten zu besitzen. Mein Bruder ist tot, Vater starb im vorigen Jahr, und nun ist das ganze Vermögen auf mich übergegangen. Ich brauche es nicht. – Laßt euch doch etwas von mir schenken!"

„Nein, liebe Mary, wir brauchen wirklich nichts! Wir sind sehr glücklich in dem Bewußtsein, uns aus eigener Kraft durchbringen zu können. Wir leiden keine Not! Es reicht immer noch, um anderen etwas zu geben. Wenn du aber etwas tun willst, so schenke meinem Manne morgen zu seinem fünfzigsten Geburtstag zwei Freiplätze für die Klinik."

„Freiplätze?"

„Ja – es gibt oft Kranke, die nicht in der Lage sind, die Mittel für ihren Aufenthalt in der Klinik oder für eine Operation zu bezahlen. Mein guter Mann tut unendlich viel Gutes; er nimmt häufig Patienten auf, von denen er nichts bekommt. Das merkt dann die Hausfrau doch recht sehr. Wenn wir also zwei Freiplätze hätten, für die du die Kosten übernimmst –"

„Schon gemacht, Pucki! Ich schenke ihm meinetwegen auch zehn Freiplätze."

„Nein, Mary, mehr als zwei werden nicht angenommen. Das ist schon ein großzügiges Geschenk. Ich glaube, daß du mit deinem großen Vermögen an vielen Stellen Gutes stiften kannst. Auch ein Bremer Krankenhaus würde dir für zwei Freiplätze dankbar sein."

„Pucki, du bist eine prächtige Frau, an so etwas habe ich noch nie gedacht! – Du hast recht, ich glaube, ich muß erst zu dir in die Lehre gehen, auch in bezug meiner Kindererziehung! Was hast du doch für drei prächtige Jungen! – Meine beiden Mädchen sind auch süße Dinger, aber ganz anders als deine Söhne. Kann ich dir nicht meine beiden Töchter für die nächsten zwei bis drei Jahre in Pension geben?"

„Aber Mary, wo denkst du hin! Kinder gehören ins Elternhaus!"

„Gewiß, Pucki, – nur ist es bei uns recht unruhig. Ich bin oft auf Reisen und Eberhard desgleichen. Ich habe auch wirklich kein Talent zur Kindererziehung. – Pucki, behalte meine beiden Kinder für ein Jahr in Rahnsburg! Sie sind nirgends besser aufgehoben!"

„Wenn du willst, Mary, lasse mir deine Kinder während der großen Ferien hier, doch dann müssen sie wieder zu dir zurück."

„Eberhard sagte auch schon einmal, wenn wir unsere Kinder weiter so verschwenderisch erziehen, wird nichts Rechtes aus ihnen. – Bitte, überlege es dir, Pucki!"

„Nein, Mary, aber ich will deine beiden Kinder gern in den Ferien aufnehmen – –"

„Wenn ich einmal sterbe – unsere ganze Familie war sehr kurzlebig –, so nimmst du die Kinder. Versprich mir das! Claus wird ihr Vormund und kann Mabel und Regine hin und wieder verdreschen! Wir bringen das nicht fertig. Also abgemacht – sie bleiben hier!"

„Liebe Mary, wenn einer vom Tode spricht, dann läuft der Tod stets weit fort. Ich wünsche dir, daß du eine fröhliche Groß- und Urgroßmutter wirst und Freude an deinen Kindern, Enkeln und Urenkeln hast. Doch nun muß ich Umschau halten: es fehlen schon wieder Ottilie und Rudolf."

„Lieber Gott, wilde Tiere gibt es hier doch nicht! Die beiden werden nicht gefressen sein."

„Das nicht, Mary, aber ich fühle mich für die ganze Kinderschar verantwortlich."

Bald darauf hörte man Puckis Stimme, die nach Rudolf und Ottilie rief.

Ein in den Garten fahrendes Auto erregte die Aufmerksamkeit der Kinder.

„Das ist Eberhard", rief Regine. „Er kommt zurück, er hat noch Einkäufe für den Geburtstag von Onkel Claus gemacht."

„Oh, bist du aber gebraust", rief Mabel dem Vater zu. „Wieviel Kilometer hattest du drauf, Eberhard?"

„Fünfzig nur; hier im Städtchen kann ich doch nicht schneller fahren."

Mabel wandte sich an den neben ihr stehenden Karl. „Unser Wagen hat einen besonders starken Motor. Wir können, wenn wir wollen, mit hundertunddreißig Kilometern fahren. Mary fährt gern schnell."

„Und eines Tages bricht man sich den Hals dabei."

„Du kannst ja wie eine Schnecke fahren, wir brausen davon!"

Inzwischen war Eberhard Gregor, der jüngere Bruder des Geburtstagskindes, aus dem eleganten Wagen gestiegen; er brachte eine Anzahl Pakete mit heraus.

„Das ist alles für deinen Vater Claus", sagte Mabel zu Karl. „Wir haben zwar schon in Bremen vieles gekauft, aber einiges fehlte noch."

„Du hast einen fabelhaften Wagen, Onkel Eberhard", sagte Karl begeistert.

„Wenn er dir gefällt, laß ihn dir doch schenken", meinte Mabel. „Wir kaufen uns dann einen neuen. – Zeige mir doch mal euren Wagen."

„Er wird dir kaum gefallen, Mabel. Aber Vater ist sehr zufrieden mit ihm, und das genügt."

Doch Mabel ließ sich nicht abweisen. Sie wollte durchaus in die Garage, rümpfte aber verächtlich die Nase, als ihr Karl den kleinen Viersitzer zeigte.

„Da muß man euch wirklich einen vernünftigen Wagen schenken."

„Nein, Mabel, derartige Geschenke nehmen meine Eltern nicht an."

„Wir schenken euch den Wagen, und dabei bleibt es. – Und jetzt will ich zu Eberhard gehen und ihn fragen, was er mitgebracht hat."

Ingenieur Gregor hatte die Pakete ins Haus getragen; nun stand er mit Agnes und Waltraut in eifrigem Gespräch. Mabel trat hinzu.

„Zeige mir mal, was du gekauft hast."

„Später, Mabel."

„Ich möchte es aber gleich sehen!"

„Dein Vater unterhält sich jetzt mit uns", sagte Waltraut bestimmt, „du mußt warten!"

Mabel warf der Tante einen erstaunten Blick zu, faßte dann aber den Vater am Arm und sagte: „Unterhalten kannst du dich später, jetzt komm doch!"

Schließlich mußte Eberhard heftige Worte sagen, ehe seine Tochter ihn in Ruhe ließ.

„Von Erziehung verstehst du recht wenig", sagte Waltraut.

„Leider! – Ich staune wirklich über Puckis drei Jungen."

„Ich habe Pucki gebeten, sie möchte unsere beiden Kinder in Pension nehmen", warf Mary ein, die die letzten Worte vernommen hatte, während sie zu ihnen trat.

„Das wäre ein guter Gedanke! Puckis Heim atmet Frieden und schönste Harmonie. Das ist leider bei uns nicht immer der Fall. Nicht wahr, Mary?"

„Nein, bei uns gibt es oft Streit."

„Bei uns auch", seufzte Agnes.

„Das kann ich mir denken", lachte Eberhard, „du warst von jeher eine Kratzbürste. Du hast schon im Forsthaus Birkenhain viel dummes Zeug getrieben."

„Lange nicht so viel wie Pucki!"

„Ja, Pucki!" sagte Eberhard. „Pucki hat sich in ihrer Ehe fabelhaft gewandelt! Ich glaube, sie ist die beste Frau und Mutter, die man sich denken kann. Schade, daß sie meine beiden Kinder nicht unter ihre Fittiche nehmen kann. – Doch nun muß ich gehen: Mabel wartet. Ich muß ihr zeigen, was ich eingekauft habe."

„Aber Eberhard", tadelte Waltraut, „du wirst dich doch nicht zum Sklaven deines Kindes machen."

Er lachte nur und ging ins Haus. – –

Am nächsten Morgen wurde Doktor Claus Gregor in aller Frühe aus dem Schlafe geweckt. Eberhard und Mary hatten die Stadtkapelle von Rahnsburg antreten lassen, um dem Fünfzigjährigen ein Ständchen zu bringen. Beide waren der Meinung, daß man diesen Geburtstag großartig aufziehen müsse. So hatten sie den Morgen schon mit Musik einleiten wollen und glaubten, den Verwandten dadurch eine besondere Freude zu bereiten.

Das war aber weder nach dem Geschmack des Geburtstagskindes noch nach dem Puckis. Beide waren nicht für lautes Feiern; im Kreise der Familie wollten sie das Fest begehen. Damit konnte jetzt leider nicht mehr gerechnet werden, denn in Rahnsburg war rasch bekannt geworden, daß der beliebte Arzt heute seinen fünfzigsten Geburtstag beging. In aller Frühe kamen daher schon zahlreiche Blumengrüße an.

Unten spielte die Kapelle. Als Claus aus dem Hause trat, sah er neben den Musikern zahlreiche Rahnsburger stehen, die mit zur Klinik gegangen waren, um Doktor Gregor ihre Glückwünsche zuzurufen.

Aus einem der Fenster blickten Eberhard und Mary, aus einem anderen Mabel und Regine herunter.

„Spielen Sie etwas aus einer feschen Operette“, rief Mabel, „Operetten habe ich sehr gern!“

Die Kapelle mußte nach dem Ständchen im Garten Platz nehmen, und wurde mit Wein und Kuchen bewirtet. Währenddessen war auch Eberhard mit seiner Familie heruntergekommen.

Gleich darauf ergoß sich von oben her über Doktor Gregor ein Blumenregen. Mary streute mit vollen Händen aus dem Fenster Sommerblumen aller Art herab.

Doktor Gregor konnte nur abwehren. Was ihm die Verwandten an Geschenken brachten, war so überwältigend viel, daß reine Freude in ihm nicht recht aufkommen konnte. Wieviel lieber wäre ihm eine bescheidene Gabe gewesen als alle diese kostbaren Sachen. Vielleicht hatte es Mary besonders gut gemeint, wenn sie glaubte, daß für die Klinik echte

Smyrnaläufer das richtige wären. Waren die alten Kokosläufer nicht ebensogut, vielleicht sogar praktischer? Was sollte er mit der kostbaren goldenen Doppelkapseluhr, da er des Vaters goldene Uhr als liebes Andenken trug? Die beiden Freiplätze, die ihm für die Klinik geschenkt wurden, bereiteten ihm hingegen die größte Freude. Das war etwas nach seinem Geschmack! Als ihm dann die zehnjährige Mabel eine kostbare Vase überreichte, als ihm Regine einen schweren Siegelring übergab, schickte Claus einen vorwurfsvollen Blick hinüber zu Eberhard und Mary.

„Du kannst das alles ruhig annehmen“, rief Mabel vorlaut, „wir haben genug Geld!“

Viel inniger und herzlicher waren die Gratulationen seiner drei Söhne. Aus jedem ihrer Worte fühlte Claus die große Liebe seiner Kinder. Und wenn Karl dem Vater heimlich zuflüsterte, daß er ihm außer dem wissenschaftlichen Buch, das er mit den beiden Brüdern gemeinsam vom Taschengeld gekauft hatte, am heutigen Tage das feste Versprechen gebe, weiter fleißig zu lernen, um auch ein tüchtiger Mensch zu werden, da war das für Claus ein wunderschönes Geschenk. Welche Freude hatte er an seinen drei Söhnen! Da war nicht einer, der ihm Kummer bereitete. Das dankte er in der Hauptsache seiner geliebten Frau, die zwar im Anfang der Ehe so manchen Mißgriff getan, sich aber später prächtig entwickelt hatte.

„Heute wirst du fünfzig Jahre alt, lieber Claus“, sagte Pucki, „fast zwanzig Jahre sind wir nun verheiratet. Immer bist du der gütige und liebevolle Gatte gewesen, der für meine Fehler Verstehen hatte. – Weißt du noch, wie du mir das Buch schenktest, in dem alle meine Streiche niedergeschrieben waren?“

„Ja, meine geliebte Pucki! Und ich versprach dir, ich würde einmal den zweiten Band deiner Lebenserinnerungen aufschreiben. Das wird ein gar schönes und liebevolles Buch werden. – Du bist nun bald vierzig Jahre. In zehn Jahren, wenn uns der liebe Gott das Leben läßt, bekommst du den zweiten Band deiner Lebenserinnerungen.“

Eine neue Überraschung gab es beim zweiten Frühstück. Auf dem Tische standen die denkbar kostbarsten Leckereien. Wieder schüttelte Claus ein wenig unwillig den Kopf. Eberhard und Mary meinten es aber auf ihre Weise sehr gut, da durfte er kein tadelndes Wort sagen.

Dann kamen die Gratulanten. Große Freude empfand Doktor Gregor, wenn sich Patienten einstellten, die voller Dankbarkeit ihres Arztes gedachten. Pucki traten Tränen in die Augen, als sich eine alte Frau, die sich mühsam am Stock bewegte, melden ließ und ein Paar selbstgestrickte Socken überreichte.

„Ich habe lange daran gearbeitet", sagte die Alte, „es will nicht mehr recht gehen. Aber für meinen lieben Doktor habe ich es gern getan."

Mabel und Regine betrachteten später verächtlich lachend die derbe Strickerei. Da trat Doktor Gregor zu ihnen.

„Warum lacht ihr? Habt ihr das alte, liebe Mütterchen gesehen? Mit den müden, verarbeiteten Händen hat sie die Arbeit geleistet, und ihren großen Dank für mich hat sie in diese Socken hineingestrickt, ihre Liebe zu dem Arzt, der ihr half. – Seht ihr das nicht? Betrachtet euch einmal die Socken genauer. Das alte Mütterchen dankt für die Mühe, die ich für sie aufgewendet habe. Wie gerne habe ich ihr geholfen, und ihre Dankbarkeit rührt mich tief. Möchtet ihr immer daran denken, daß man zu danken hat, wenn man erfreut wird! Euch wird sehr vieles geboten, was Tausende von Menschen nicht besitzen; aber ich glaube nicht, daß in euren Herzen viel Dankbarkeit wohnt gegen eure Eltern, die euch so viel Gutes und Schönes bieten können. – Wenn ihr wieder einmal etwas bekommt, so denkt an diese Socken!"

Schweigend gingen die beiden Mädchen davon. Und als ihnen Pucki später zwei schöne Birnen reichte, klang zum ersten Male aus dem Munde der beiden ein „Danke!"

Am Nachmittag kamen wieder alle herbei: Waltraut mit ihrem Gatten und den drei Kindern, Agnes mit ihrem Manne und ihren beiden Kleinen, dazu fanden sich viele Rahnsburger Freunde ein, so daß die Kaffeetafel, die im Garten aufgeschlagen worden war, vierzig Personen zählte.

Kaum war das Kaffeetrinken beendet, als eine der Krankenpflegerinnen kam und Doktor Gregor bat, er möge in die Klinik kommen. Die bettlägerigen Patienten wollten ihm gratulieren und ihm danken.

Doktor Gregor blickte erstaunt auf. „Sie haben mir doch schon alle heute früh, bei meinem ersten Rundgange, gratuliert?“

„Bitte, kommen Sie, Herr Doktor“, bat die Schwester.

Er folgte ihr. Inzwischen hatten sich die Kranken Blumen besorgen lassen, die ihm jetzt am Nachmittage überreicht wurden. Blume kam zu Blume; so wurde es ein großer Strauß, den Doktor Gregor in der Hand hielt, als er wieder zu den Seinen zurückkehrte.

„Überall bringt man mir Liebe entgegen“, meinte er glücklich mit dankbarem Herzen.

„Du hast Liebe gesät, Claus. Da ist es kein Wunder, wenn du heute Liebe erntest“, entgegnete Pucki mit leuchtenden Augen. Sie empfand innigste Freude über die vielen Beweise der Verehrung, die an diesem Tage ihrem geliebten Manne gezeigt wurden.

Hagelschlag

Es waren drei herrliche Sommersonnentage, die Eberhard und Mary mit ihren beiden Kindern noch in Rahnsburg verlebten. Für morgen war die Abreise der Eltern geplant, die noch eine achttägige Fahrt ins Gebirge machen wollten. Auf der Heimfahrt wollten sie ihre Kinder wieder abholen, die Pucki inzwischen behüten sollte.

„Na, Pucki“, sagte Claus, „wird das nicht zu viel für dich werden? Waltraut fährt mit ihrem Manne am Sonnabend in die Ferien und übergibt dir Oskar, Ottilie und Olga. Die drei wilden O's werden dir zu schaffen machen. Nun kommen noch Mabel und Regine dazu. Unsere drei Jungen haben auch noch Ferien, du kannst dich also über Arbeitslosigkeit nicht beklagen.“

„Es wird schon gehen, Claus! Mabel will die beiden Mädchen durchaus nicht mitnehmen; sie meint, sie würden in den acht Tagen unter deiner und meiner Obhut viel Gutes lernen."

„Das werden sie bestimmt, liebe Pucki!"

„Es ist nicht ganz leicht mit ihnen. Die beiden Mädchen sind schon recht selbständig und leider sehr verwöhnt. Sie passen nicht in unseren Rahmen hinein."

„Du wirst schon mit ihnen fertig werden. Du hast ja schon oft bewiesen, wie gut du mit Kindern umzugehen verstehst."

Am späten Nachmittag, als Mary bereits begann, die Sachen für den morgigen Reisetag einzupacken, zogen am Himmel dunkle Wolken auf. Allmählich färbte sich das Firmament graugelb. Besorgt schaute Pucki hinauf.

„Es gibt Hagel."

„Oh, Hagel ist etwas Schönes", meinte Mabel.

„Nein, mein Kind, Hagel im Sommer ist gewöhnlich recht schlimm, für viele Menschen sogar etwas recht Trauriges. Wie oft schon hat schwerer Hagelschlag innerhalb weniger Stunden alle Arbeit, alles Hoffen des Landmannes vernichtet. Bedenke nur, wenn alle die schönen Blumen im Garten vom Hagel zerschlagen würden! Wäre das nicht sehr traurig? Die armen Blumen wollten in der Sonne leben und weiterwachsen; plötzlich werden sie vernichtet."

„Nun, da kauft man neue Blumen. Der Gärtner hat genug!"

„Die Blumen, die im Garten stehen, sind aber tot, sie können nicht mehr zum Leben erweckt werden. – Nun, wir wollen hoffen, daß uns kein Unwetter bevorsteht."

Mabel ging davon. In einer Laube saß der fünfzehnjährige Rudolf und arbeitete emsig mit einer Laubsäge. Mabel trat zu ihm, schaute längere Zeit schweigend zu und fragte schließlich:

„Was wird das?"

„Wenn du nicht plauderst, sage ich es dir."

„Also eine Überraschung? – Wahrscheinlich ein Geburtstagsgeschenk."

„Ja – für Tante Agnes. Es wird ein Lampenschirm, den ich aus sechzehn Teilen zusammensetze. – Schau her, sieben Teile sind bereits fertiggestellt."

„Kannst du den Lampenschirm nicht kaufen?"

„Natürlich, aber eine Handarbeit macht mehr Freude. Außerdem habe ich nicht so viel Geld. Ich muß ohnehin noch rote Seide kaufen, die wird dann unter das ausgesägte Holz geklebt."

„Rote Seide? – Ich habe rote Seide."

„Das wäre fein! Willst du sie mir schenken? Dann brauche ich sie nicht erst zu kaufen. Mein Taschengeld ist ohnehin schon draufgegangen."

„Warte einen Augenblick, ich hole dir die Seide."

Wenige Minuten später kam Mabel mit einem roten Seidenkleid zurück. Auch eine Schere hatte sie bei sich. „Wieviel brauchst du?" fragte sie.

„Aber Mabel – du wirst doch dein Seidenkleid nicht zerschneiden!"

„Das macht nichts! Wir kaufen eben ein neues. – Ich habe genug Kleider mitgebracht. Dieses rote Ding kann ich auch nicht leiden!"

Schon hatte sie die Schere angesetzt und schnitt in das Kleid hinein, bevor Rudolf das vorwitzige Mädchen daran hindern konnte.

„Laß mich!" rief Mabel eigenwillig, „ich will es so, und dabei bleibt es!"

„Nein, ich lasse dich nicht schneiden", rief Rudolf und entwand ihr die Schere. „Deine Eltern haben dir das Kleid gekauft; es ist ein schöner, teurer Stoff, der wird nicht zerschnitten. Außerdem nehme ich die rote Seide bestimmt nicht von dir an!"

„Dann wird es eben zerrissen", rief Mabel, packte den Seidenstoff mit beiden Händen und riß ihn auseinander. „So, du wirst mich nicht daran hindern! Ich kann das Kleid nicht leiden, ich will es nicht mehr haben, und dabei bleibt es!“

„Du bist ein unartiges Mädchen“, tadelte Rudolf, „du verdientest mächtige Keile! – Was hast du nun davon? Ich nehme die Seide nicht; ich kaufe mir, was ich brauche. Ich würde mich jedesmal ärgern, wenn ich den Lampenschirm ansehe und dann an deine Ungezogenheit denken müßte.“

„Du bist ein alberner Junge“, schalt Mabel. „Wir können schon ein Kleid zerreißen, wir haben immer Geld, um etwas Neues zu kaufen. Wenn ihr kein Geld habt, so ist das traurig, aber wir haben genug. Für Geld kauft man sich alles, was man braucht.“

„Das ist ein großer Unsinn! Für Geld kann man sich nicht alles kaufen!“

„Doch – für Geld bekomme ich alles: Kleider, Konfekt! – Wir können Reisen machen, wir haben zwei Autos, eine schöne Villa, und wenn sonst irgend etwas fehlt, kaufen wir es eben.“

„Und wenn ihr einmal schwer krank werdet?“

„Holen wir die besten Ärzte. Sie machen uns wieder gesund.“

„Mit Geld kann man sich doch nicht alles kaufen“, beharrte Rudolf. „Meinem Schulfreund ist die Mutter gestorben, und der hatte auch viel Geld, aber eine neue Mutter kann er sich nicht kaufen. Da nützt ihm alles Geld nichts.“

Mabel lachte keck auf. „Wahrscheinlich hat sie keine guten Ärzte gehabt, oder man hat diese Mutter nicht rechtzeitig ins Sanatorium geschickt. – Aber du bist eben ein langweiliger Junge! – Warum packst du denn deine Sachen zusammen?“

„Weil es dunkel wird. – Ich glaube, es gibt einen tollen Regen, da gehen wir lieber ins Haus hinein.“

„Hagel gibt es“, erwiderte Mabel altklug, „ich wollte, es prasselte einmal nur so vom Himmel herunter.“

„Damit alles kaputt geht! Was der Hagel zerschlägt, kann man auch nicht wieder kaufen."

„Wir können es", rief Mabel und eilte davon. Rudolf folgte ihr verärgert. Ihm mißfiel das kecke Mädchen, das immer nur auf sein Geld pochte. Es war gut, daß Mabel in acht Tagen wieder abreiste. Für diese Base fand er den rechten Ton nicht.

Tatsächlich ging ein heftiges Hagelwetter über Rahnsburg nieder. Pucki stand am Fenster und schaute hinaus in den Garten. Mabel trat zu ihr.

„Werden nun deine Blumen totgeschlagen, Pucki?"

„Hoffentlich nicht – hoffentlich leben die Blumen weiter. Aber sage mal, Kind, willst du mich nicht Tante Pucki nennen?"

„Warum soll ich dich immer Tante nennen? Mir gefällt Pucki viel besser! Ich sage Pucki, und dabei bleibt es!"

„Ich würde mich viel mehr freuen, kleine Mabel, wenn du Tante Pucki zu mir sagen würdest."

„Ach, du brauchst dich über mich nicht zu freuen! Wir fahren in acht Tagen ab und kommen wahrscheinlich lange nicht wieder. Im nächsten Jahre fahren wir nach Italien, und nach Amerika fahren wir auch wieder einmal."

Der Himmel klärte sich langsam wieder auf. Wohl hatte der Hagel manche Blume im Garten niedergebrochen, doch war das Wetter nicht schlimm geworden. Für den Landmann hatte es wahrscheinlich keinen großen Schaden angerichtet.

Währenddessen war Eberhard bei seinem Bruder Claus in der Klinik.

„Du mußt mir eine Viertelstunde deiner Zeit schenken, Claus, ich möchte ein ernstes Wort mit dir reden."

„Schieß los, mein Junge. – Was hast du auf dem Herzen?"

„Am liebsten bliebe ich für ein Weilchen bei dir und ließe die Reise ins Gebirge schießen. Aber Mary will durchaus fort. Sie braucht viel Abwechslung. Wie anders ist eure Ehe als die meine!"

„Willst du damit sagen, Eberhard, daß du nicht glücklich bist?"

„Nein, Claus, das wäre die Unwahrheit! – Ich habe alles im Überfluß: ein wunderbares Heim, eine fröhliche Frau und zwei ungezogene und unerzogene Kinder. Das drückt mich vorläufig noch nicht. Trotzdem herrschen bei uns nicht die Harmonie und der Frieden, die in deinem Hause wohnen. Dabei heißt es doch immer, ein Arzthaushalt sei unruhig; aber deine Pucki gleicht alles wieder aus. Eine prachtvolle Frau!"

„Freilich, Eberhard!"

„Also Claus, – – ich – – Lache mich jetzt einmal tüchtig aus."

„Warum?"

„Ich mag es dir gar nicht sagen, denn es erscheint mir albern."

„Nun, so sage mir etwas Albernes! Das muß ich mir ohnehin manchmal anhören."

„Claus, es könnte doch sein, daß uns der Tod näher ist, als man denkt. Wenn mir das geschähe, stände Mary ganz allein im Leben und würde bestimmt mit unseren beiden Mädchen nicht fertig werden. Ich möchte dich daher heute bitten – verlasse sie nicht."

„Was soll das, Eberhard? Fühlst du dich krank? Drückt dich etwas? Sage mir die volle Wahrheit!"

„Ich fühle mich vollkommen gesund, Claus, mitunter kommen einem aber doch schwarze Gedanken. Wahrscheinlich sind sie unbegründet. Ich wollte ja nur von dir das Versprechen haben, daß du dich um meine Frau und meine Kinder kümmerst, falls es einmal nötig sein sollte."

„Eberhard, jetzt bist du nicht aufrichtig!"

„Schau, Claus, ich bin in meinem Berufe allerhand Gefahren ausgesetzt, außerdem steht mir im Herbst wieder eine größere Reise ins Ausland bevor. Ich werde viel fliegen müssen. Es ist also immerhin möglich, daß mir einmal etwas zustößt. Gib mir dein Versprechen und mache dir weiter keine Gedanken."

„Es ist niemals deine Art gewesen, Eberhard, schwarz in die Zukunft zu sehen."

„Ganz gewiß nicht, Claus. Aber man hat doch Stunden, in denen einem solche Gedanken kommen."

„Wenn es dich beruhigt, will ich dir gern das Versprechen geben, daß ich jederzeit deiner Frau und deinen Kindern mit Rat und Tat zur Seite stehen werde."

„Und daß du der Vormund meiner Kinder wirst, falls mir etwas zustößt."

Claus schaute seinen Bruder forschend an. „Fast könnte ich von deinen Worten bedrückt werden."

„Nein, Claus, dazu liegt wirklich keine Veranlassung vor. Es ist wohl nur eine Stimmung. Im Grunde bin ich voller Lebenslust."

„Möge die traurige Stimmung recht bald wieder verfliegen, Eberhard. Doch wenn es dich beruhigt, gebe ich dir mein Manneswort, daß ich mich voll und ganz für die Deinen einsetzen werde. Ich glaube, ich kann dir dieses Versprechen auch für Pucki geben, die immer das richtige liebevolle Wort findet, wenn es gilt, anderen beizustehen. – Bist du nun zufrieden?"

„Ja, Bruder! Doch nun will ich dich nicht länger aufhalten. Wahrscheinlich rufen deine Patienten nach dir. Willst du nicht eine größere Summe Geldes von uns haben, um anzubauen oder dir das Leben zu erleichtern?"

„Danke, Eberhard, ich brauche nichts! Die beiden Freiplätze haben mir große Freude gemacht, die nehme ich gern an."

„Sollen wir das Geld irgendwo festlegen?"

Claus lachte. „Ich werde euch schon mahnen, wenn ihr nicht rechtzeitig zahlt. Das Geschenk ist gegeben, das halte ich eisern fest!"

Während des Abends war Claus stiller als sonst. Oft beobachtete er seinen Bruder. Der schien zwar lustig, doch sah Claus eine kleine Falte der

Sorge auf seiner Stirn. Was fehlte dem Bruder? Ob er ihn nochmals fragte? Ob er mit Mary sprach?

Im Laufe des Abends richtete Claus es so ein, daß er eine längere Unterhaltung mit seiner Schwägerin hatte. Sehr vorsichtig fragte er sie über Eberhard aus, konnte aber nichts erkunden. Er mußte sich schließlich damit abfinden, daß sein Bruder tatsächlich nur einer trüben Stimmung nachgegeben hatte, als er am Nachmittag die ernsten Worte mit ihm wechselte.

Am anderen Morgen war wieder herrlichster Sonnenschein. Es ging ans Abschiednehmen.

„Wir sind in acht Tagen wieder zurück“, sagte Mary. „Haltet meine beiden Mädchen kurz, falls sie unartig sind. Mabel und Regine, ich erwarte von euch, daß ihr euch in diesem Hause anständig betragt. Ich übertrage Tante Pucki alle Rechte, die eine Mutter hat. Ihr befolgt ihre Wünsche sofort. Das merkt euch!“

„Kommt recht bald wieder“, sagte Mabel. „Ich langweile mich hier schon.“

„Ihr braucht nicht so bald wiederzukommen“, rief Regine, „ich finde es hier ganz nett. Ich möchte am liebsten hierbleiben!“

„Das geht nicht“, lachte Eberhard.

„Doch – wenn ich mich ins Bett lege und krank bin, kann ich hierbleiben. Kranke Leute gehören nicht in die Eisenbahn und auch nicht ins Auto. Dann komme ich zu Onkel Claus in die Klinik, und Pucki pflegt mich. Ich habe Pucki lieb!“

Eberhards Hand lag in der des Bruders. „Dank für dein Versprechen, Claus!“

„Möchtet ihr die Reise nicht aufschieben? Du siehst so blaß aus, du gefällst mir gar nicht.“

Eberhard lachte. „Da würde Mary schön schelten! Nein, wir fahren in fünf Minuten ab.“

Noch einmal ein herzlicher Abschied. Mary setzte sich ans Steuer.

„Werdet ihr wieder über die Landstraße brausen?“ rief Mabel.

„Freilich“, lachte die Mutter strahlend, „wir haben eine weite Fahrt vor uns.“

Langsam fuhr der elegante Wagen davon. Claus schaute ihm lange nach, dann nahm er seine Pucki fest in den Arm und strich ihr liebevoll über die Wange.

Fragend schaute sie den Gatten an. „Warum hast du so schwer geseufzt, Claus?“

„Ich weiß selbst nicht, Pucki, warum mir das Herz schwer ist. Vielleicht der Abschied vom Bruder. – Aber jetzt muß ich hinüber in die Klinik. Hoffentlich hast du mit den beiden Mädchen nicht zu viel Mühe. Übermorgen kommen noch drei hinzu.“ – –

Wieder und wieder strich Claus mit der Hand über die Stirn. Es war ihm doch sonst möglich, seine Gedanken ganz der Arbeit zuzuwenden. Heute eilten sie immer wieder zu dem abgereisten Bruder. Als der Fernsprecher schrillte, fuhr er erschreckt zusammen.

„Ein Autounglück? Noch vor Holzau? Ich lasse sofort das Krankenauto abfahren und komme selbst mit. Zwei Personen verunglückt?“

Noch wußte er nichts Genaues, und doch war es ihm, als schnüre ihm eine unsichtbare Hand die Kehle zusammen. Kurze Befehle erteilte er einer Krankenschwester. Sollte er noch rasch hinüber zu seiner Frau gehen? Nein, eiligst fort an die Unglücksstelle!

Das Krankenauto folgte dem Wagen des Arztes. Die angegebene Stelle war bald erreicht. Kein Laut kam über die Lippen Doktor Gregors. Sofort erkannte er in der einen Toten seine Schwägerin Mary. Dann schaute er in des Bruders totenblasses Gesicht. Auch hier war nichts mehr zu helfen. Das Auto war völlig zertrümmert. Es war gegen einen Baum geprallt. Es mußte mit größter Geschwindigkeit gefahren sein. Alles deutete darauf hin, daß der Anprall entsetzlich gewesen sein mußte. Ein Arzt aus Holzau war bereits anwesend. Auch Neugierige hatten sich eingestellt. Doktor

Gregor traf alle notwendigen Anordnungen; die Toten sollten nach Rahnsburg gebracht werden.

Es war eine traurige Heimfahrt. Wie benommen saß Doktor Gregor in seinem Wagen. Immer wieder mußte er an die gestrige Unterredung mit seinem Bruder denken. Zwei Kinder im Alter von zehn und acht Jahren waren plötzlich ihrer Eltern beraubt und zu Waisen geworden.

„Nimm dich meiner Frau und meiner Kinder an“, so hatte der Bruder gebeten.

Wie sollte er den Kindern die furchtbare Kunde mitteilen? Welchen tiefen Schmerz fügte er seiner Pucki zu, die so viel Liebe für Mary und Eberhard im Herzen trug! Noch ahnte keiner, was die letzten Stunden an Leid gebracht hatten. Wahrscheinlich hallte es in seinem Hause von fröhlichem Lachen wider. – Nun brachte er zwei Tote.

Mit größter Umsicht sorgte Doktor Gregor dafür, daß niemand seiner Angehörigen zugegen war, als man die beiden Verunglückten in die Klinik brachte.

Das war bald geschehen. – Jetzt stand ihm ein schwerer Gang bevor. Vor allen Dingen mußte er Pucki das Entsetzliche mitteilen; sie würde den Kindern die traurige Botschaft viel besser übermitteln können als er. Sie würde die rechten Worte finden und würde zu trösten verstehen.

Pucki stand in der Küche am Herd und hatte rote, heiße Wangen. Der Glanz ihrer Augen erlosch, als sie in das verstörte Antlitz ihres Mannes blickte.

„Claus“, rief sie bestürzt.

„Ich hätte gern ein paar Worte mit dir gesprochen, Pucki. Bitte, komme mit hinüber.“

Schon hatte sie die Küchenschürze abgelegt und nach dem Arm des Gatten gegriffen, der sie hinüber in das kleine Damenzimmer geleitete.

„Claus – was ist geschehen?“

„Ich muß dir eine sehr traurige Nachricht bringen – aber du wirst tapfer sein. – Eberhard und Mary haben einen schweren Autounfall gehabt. Ich komme soeben von der Unglücksstelle."

„Tot?" hauchte Pucki und schloß die Augen.

„Ja, Pucki – sie sind wahrscheinlich beide sofort tot gewesen; sie haben nicht mehr zu leiden brauchen. Das Auto ist vollkommen zertrümmert."

Sekundenlang rührte sich Pucki nicht. Sie lehnte den Kopf mit geschlossenen Augen an die Schulter des Gatten, dann lösten sich langsam unter den Wimpern die Tränen.

„Arme unglückliche Kinder."

Claus legte den Arm um seine Frau; da barg sie das tränenüberströmte Gesicht an seiner Brust. Ruhig ließ er sie weinen; er konnte nichts anderes tun, als ihr blondes Haar streicheln. War ihm doch selbst das Herz wund und weh. Der Bruder mitten aus der Vollkraft des Schaffens gerissen! Durch eigene Unvorsichtigkeit aus dem Leben gegangen. Und die schöne, verwöhnte, reiche Mary, die das Leben mit vollen Zügen genießen wollte, lag nun leblos drüben in seiner Klinik.

„Wie kam alles?" fragte Pucki endlich.

Claus sagte ihr, was er wußte, und daß es im Augenblick nichts weiter zu tun gebe, als die Kinder vorzubereiten.

„Du mußt es tun, Pucki", sagte Claus, „ich kann es nicht. Du findest die rechten Worte und den rechten Trost."

„Claus", klang es bebend, „ich weiß nicht, wie ich ihnen das sagen soll. – Es ist zu furchtbar! – Ach, laß mir noch Zeit!"

„Ja, Pucki – doch im Laufe des heutigen Tages müssen sie es erfahren."

Das Mittagessen war qualvoll. Pucki brachte kaum einen Bissen herunter. Es war ihr bisher unmöglich gewesen, den ahnungslosen Kindern etwas zu sagen. Nicht einmal ihre eigenen Kinder wußten von dem gräßlichen Unglück.

Karl bestürmte die Mutter nach dem Essen, sie solle sich niederlegen, sie sei krank. – Da war es mit Puckis Fassung vorbei. Aufs neue begann sie bitterlich zu weinen, dabei erfuhr ihr Ältester, was sich ereignet hatte.

Er sagte es erschüttert den Brüdern. Rudolf drückte das Gesicht in beide Hände. „Mabel hat gesagt", begann er schluchzend, „sie kann sich alles kaufen. Die Mutter meines Schulfreundes wäre nur gestorben, weil sie keinen tüchtigen Arzt gehabt hätte. Nun hat sie trotz ihres Geldes keinen Vater – und keine Mutter!"

Der fünfzehnjährige Knabe war so tief betrübt, daß ihn die Brüder trösten mußten. Immer aufs neue wiederholte er, von wildem Weh erfaßt, die Worte: „Was nützt nun das viele Geld? – Sie hat keinen Vater, keine Mutter mehr!"

Gegen drei Uhr stürmten Mabel und Regine zu Pucki ins Zimmer. Sie fragten, ob sie nicht mit dem Chauffeur eine Ausfahrt machen dürften.

„Jetzt muß es gesagt werden!" dachte Pucki und nahm in jeden Arm eines der Kinder. Sie wollte ihnen alles sagen und fand doch die rechten Worte nicht.

„Dürfen wir fahren, Pucki? Ich möchte gern! Aber wir sollen dir ja gehorchen. – Sage doch, daß wir ausfahren dürfen!"

„Tante Pucki hat etwas sehr Trauriges erlebt. Eure Tante Pucki muß immerfort weinen", begann sie, und wieder wurden ihre Augen naß.

„Was hast du erlebt?"

„Eure Mutti ist krank geworden – auch euer Vater –"

„Da rufen sie einen Arzt und werden wieder gesund. Mary holt oft den Arzt."

Pucki verkrampfte die Hände ineinander. Wie sollte sie den Kindern alles sagen?

„Eure Mutter ist aber sehr krank –"

„Heute früh war sie ja noch gesund", rief Regine, „sie fährt ins Gebirge, da wird sie nicht krank! Sie wird nur krank, wenn sie sich langweilt."

Immer fester drückte Pucki die beiden Mädchen an sich. Sie sprach davon, daß sie beide sehr liebhabe und wünsche, sie möchten noch ein wenig bei ihr bleiben. Hier gäbe es auch manches Schöne zu sehen. Sie wolle fleißig mit ihnen spielen. Pucki sagte das alles so heraus, wie es ihr gerade einfiel. Dann kam sie wieder auf die Krankheit der Eltern zu sprechen. Immer schwerer fiel ihr das Reden. Sie berichtete schließlich, daß man schon einen Arzt gerufen hätte, da die Eltern mit ihrem Auto gegen einen Baum gefahren wären.

Jetzt erst horchte Mabel auf. Ein gespannter Ausdruck kam in ihr Gesicht. „Was ist geschehen, Pucki?“

„Die Eltern sind bei dem Unfall schwer verletzt worden.“

„Ich will hin“, rief Mabel aufschreiend. „Wo sind Eberhard und Mary? Ich will sie sehen!“

Wieder suchte Pucki nach Worten, fand sie aber nicht. Mabel wurde plötzlich von wilder Angst ergriffen, gellend schrie sie die Frage heraus:

„Sind sie tot?“

Es war Pucki unmöglich zu antworten. Doch dieses Schweigen gab dem reifen Kinde die Gewißheit, daß ihre Vermutung richtig sei. Sie faßte nach Puckis Arm:

„Tot – – tot – – Mary ist tot? – Eberhard ist auch tot?“

Regine konnte gar nichts sagen. Sie drückte sich verängstigt in Puckis Arme, schließlich weinte auch sie. Sie weinte so heftig, daß der kleine Körper zitterte.

Nun war es heraus, und nun strömte aus Puckis Herzen all ihre große Mutterliebe. Sie wußte selbst nicht, was sie sagte, aber sie fühlte, daß ihr das heiße Erbarmen mit diesen Kindern die rechten Worte auf die Lippen legte. Zwar wurde sie oft durch das laute Aufschreien der beiden Mädchen unterbrochen, die, von Schmerz geschüttelt, sich ängstlich an sie drängten. Aber Pucki fühlte, daß beide Kinder bei ihr Zuflucht suchten und fanden.

Einmal kam Karl leise ins Zimmer, verließ es aber sehr bald wieder. Auch Doktor Gregor kam, blieb einige Augenblicke schweigend an der Tür stehen und ging wieder davon. Später wollte auch er mit den Kindern reden, aber vorläufig durfte er Pucki nicht stören.

Endlich wurde es Abend; noch immer kauerten die beiden Mädchen bei Pucki. Sie hatten verweinte Gesichter, und doch lag ein unbegrenztes Vertrauen zu Pucki in ihren Augen. Sie lauschten den tröstenden Worten der Tante. Wenn die Eltern tot waren, hatten sie ja keine Heimat, kein Elternhaus mehr.

„Pucki", schluchzte Mabel auf, „dürfen wir nun bei dir bleiben? Schicke uns nicht fort, Pucki!"

„Ihr sollt immer bei mir bleiben, Tante Pucki möchte von heute ab euer Mütterchen sein."

Wieder weinten die beiden Kinder laut auf. Es dauerte eine ganze Weile, bis ihr Schluchzen leiser wurde. Nach langer Zeit sagte Mabel scheu:

„Ein Hagelschlag ist gekommen, die Blumen hat er totgemacht. Auf mich hat es auch gehagelt. – Der Junge sagte, man kann sich nicht alles kaufen. – – Oh, Eberhard und Mary sind tot, sie kommen nie mehr wieder!"

„Pucki – Tante Pucki", schluchzte Regine.

„Nun bin ich euer Mütterchen", sagte Pucki, „und ihr seid meine beiden Lieblinge!"

An diesem Abend brachte Pucki zwei völlig erschöpfte Kinder zu Bett. Sie hatte keine Zeit, an sich zu denken, an den eigenen Schmerz, der auf ihr lastete. Und die beiden Mädchen, die sonst so selbständig waren, ließen sich wie kleine Kinder von Pucki betreuen, ließen sich von ihr zudecken und verlangten nur, sie möge an ihren Betten sitzenbleiben.

Da saß nun Pucki, hatte den Kopf in die Hand gestützt und sprach liebe und zärtliche Worte zu den beiden Mädchen.

Endlich schliefen sie ein. Da nahm Claus seine Frau fest in die Arme: „Willst du nicht endlich an dich denken, Pucki?“

Sie nickte nur weh.

Glücksmänner und Wichtelmänner

Hinter Pucki lagen schwere Tage. Immer wieder brach bei Mabel und Regine der Schmerz um die verlorenen Eltern durch, und immer wieder mußte sie tröstend bei den Kindern sitzen, um ein wenig Licht in die bekümmerten Herzen zu bringen. Aber das war es nicht allein, was die vielbeschäftigte Arztfrau quälte. Sie mußte sich auch um den Bremer Haushalt des verunglückten Schwagers kümmern; er sollte aufgelöst werden. Wenn auch nicht alles von heute auf morgen getan zu werden brauchte, so galt es doch, Anordnungen zu treffen, denn weder die Köchin, noch die beiden Hausmädchen, die in der Villa in Bremen zurückgeblieben waren, besaßen die nötige Umsicht. Es dünkte Pucki unmöglich, ihnen die Fürsorge für das Haus allein zu überlassen; zudem waren sie erst ein knappes Jahr im Haushalte tätig. So war niemand dort, auf den sich Pucki wirklich verlassen konnte.

Trotz seiner großen Arbeit und starken Inanspruchnahme war Doktor Gregor für einen Tag hinüber nach Bremen gefahren; er hatte dort Besprechungen gehabt und das Wichtigste angeordnet. Zunächst wurden die Angestellten entlassen, die Villa verschlossen und die Aufsicht einem Anwalt übergeben, der mit Oberingenieur Gregor gut bekannt gewesen war. Sobald es die Zeit erlaubte, wollte Doktor Gregor mit seiner Frau für mehrere Tage nach Bremen reisen, um den Haushalt aufzulösen. Fürs erste war das aber unmöglich, denn Pucki konnte nicht von den beiden verwaisten Kindern fort, die sie zu jeder Stunde brauchten.

Waltraut, die mit ihrem Gatten eine Sommerreise machen wollte, erklärte, als sie von dem Unglück hörte, daß sie unter diesen Umständen ihre Reise verschieben würde. Aber Pucki wußte, daß ihrem Manne eine

Erholung notwendig war. So überredete sie die Schwester, ihre drei Kinder, Oskar, Ottilie und Olga, zu ihr zu geben.

Da Pucki einsah, daß sie dieser vielen Mehrarbeit nicht gewachsen war, hielt sie es für richtig, sich für die nächsten Monate nach einer Hilfe umzusehen. Es war natürlich schwer, rasch das Passende zu finden.

„Mutti", sagte ihr Ältester eines Tages, als Pucki die wenigen eingelaufenen Antworten auf ihre Anzeige sichtete, „ich weiß einen Ausweg. Wir haben noch drei Wochen Ferien. Ich werde dir die drei Kinder von Tante Waltraut abnehmen und mich mit ihnen beschäftigen."

„Mein guter Junge", sagte Pucki gerührt, „du meinst es sehr gut, aber ich fürchte leider, daß der Herr Primaner nicht recht mit den kleinen Kindern fertig wird."

„Hast recht, Mutti, ich würde sonst wirklich nicht mit kleinen Kindern spielen; nur dir zuliebe will ich es gern tun."

„Ich kann mir denken", lächelte die Mutter, „daß es dich viel Überwindung kosten wird, die Rolle eines Kindermädchens zu spielen."

„Für dich tue ich es aber, Mutti!"

„Und wenn die kleine Ottilie oder die Olga mit der Puppe kommt, wenn du Puppenmutter sein mußt? – Was dann, Karl?"

„Dann denke ich, daß ich dir dadurch Arbeit abnehme. Dann werde ich eben Puppenmutter sein."

„Mein lieber Junge, du machst mich mit deinen Worten unendlich glücklich, denn ich sehe daraus deine große Liebe zu mir. Wollen wir es einmal versuchen?"

„Ja, ich will es versuchen, es wird schon gehen! Außerdem ist ja auch der Peter da, der wird mir helfen."

„Mir wäre es lieber, Karl, wenn du dich mehr um Mabel und Regine kümmern würdest. Mache mit den beiden unglücklichen Mädchen Spaziergänge, spiele mit ihnen, treibe mit ihnen Sport, suche sie abzulenken und werde auch nicht ungehalten, wenn beide in ihrem

Schmerz nicht gleich auf deine Vorschläge eingehen. Man darf mit den Kindern jetzt nicht rechten. – Willst du das tun, Karl?“

Er nahm den Kopf der Mutter zwischen beide Hände und strich zärtlich über ihre Wangen. „Ich will lieber Puppenmutter sein, Mutti! Mit Mabel und Regine werde ich nicht fertig. Ich habe es schon mehrmals versucht. Ich weiß ihnen wirklich nichts zu sagen. Wenn ich sie tröste, klingt es dumm. Hier kannst nur du helfen! Wenn du zu ihnen sprichst, werden sie ruhiger. Nimm du die Kinder von Onkel Eberhard in deinen besonderen Schutz, ich werde mit den drei anderen besser fertig!“

„Nimm dir Peter zu Hilfe, vielleicht auch Rudolf. Ja, wenn ich drei so tüchtige Kindermädchen habe, wird es zu schaffen sein, und später werde ich gewiß eine passende Kraft finden. Mabel und Regine werden voraussichtlich in unserem Hause bleiben.“

„Immer kommt neue Arbeit auf deine Schultern, Mutti, niemals klagst du, für alle bist du da. In der Klinik bist du ein guter Geist, im Hause trägt jeder seine Sorgen zu dir, und niemals wirst du ungeduldig.“

Pucki lachte. „Ich wäre eine schlechte Hausfrau und Mutter, mein lieber Karlemann, wenn ich nicht freudig alles auf meine Schultern nehmen würde, was für andere allein zu schwer ist.“

„Mutti – wenn ich einmal heirate, nehme ich mir eine Frau, die dir ähnlich ist! Ich möchte auch so werden wie der Vater, und wenn meine Frau so ist wie du, werden wir eine glückliche Ehe haben.“

„Als Kind habe ich auch allerlei Streiche gemacht, aber wenn du werden willst wie der Vater, bin ich schon zufrieden. Den ersten Beweis hast du mir heute geliefert.“

„Wieso?“

„Es war einmal ein kleines Mädchen, das hieß Pucki und wollte durchaus Kreisspiele machen. Plötzlich stand vor ihm ein Primaner. Auf den lief die kleine Pucki zu und bat ihn, er möge mitspielen: ›Fuchs, du hast die Gans gestohlen‹. Dem Primaner war das vor den andern Kindern sichtlich peinlich. Aber schließlich spielte er mit, und später hat er dieselbe kleine Pucki geheiratet."

„Na also, Mutti! Da werde ich mir jetzt die drei O's suchen und mit ihnen spielen. Du brauchst dich wirklich nicht um uns zu kümmern. Du wirst schon sehen, wie gut ich mit ihnen fertig werde."

Pucki atmete erleichtert auf. „Ich weiß, ich darf mich auf dich verlassen. – Doch nun muß ich nach der Küche sehen, und dann will ich hinüber in die Klinik. Man ließ mir sagen, daß zwei Kranke nach mir verlangt hätten."

Der achtzehnjährige Karl ging durch das Haus und wollte gerade den Garten betreten, als ihm ein dreistimmiges Geschrei entgegenschallte. Mit allen Anzeichen größten Entsetzens lief ihm die sechsjährige Ottilie in die Arme.

„Er kommt – er kommt!"

„Was ist denn los? – Wer kommt?"

„Der schwarze Mann! – Er will mich mitnehmen!"

„Welcher schwarze Mann! – Der Schornsteinfeger?"

Nun kamen auch Oskar und Olga angelaufen. Olga weinte laut. Der schwarze Mann wäre da, er hätte eine Leiter und einen Strick und ein furchtbar schwarzes Gesicht. Sie wären alle fortgelaufen.

„Ihr kleinen Lämmer", tadelte Karl. „Der schwarze Mann ist kein böser Mann, ganz im Gegenteil! Der schwarze Mann ist ein Glücksmann! Wer ihn sieht, hat Glück am selben Tage. Er tut keinem etwas zuleide. Er ist doch nur so schwarz, weil er in den Schornstein kriechen muß."

Weiter berichtete Karl von der Tätigkeit eines Schornsteinfegers, der wirklich ein richtiger Glücksmann sei, denn jeder Mensch freue sich, wenn ihm der schwarze Mann in den Weg laufe.

„Muß er schwarz sein?" fragte Oskar. „Ist ein weißer Mann denn kein Glücksmann?"

„Nein, er muß ein schwarzes Gesicht und schwarze Hände haben. Es muß unbedingt ein Schornsteinfeger sein."

„Warum ist er ein Glücksmann?"

„Weil er schwarz ist."

„Bin ich auch ein Glücksmann, wenn ich schwarz bin?" fragte Oskar voller Interesse.

„Wenn du ein Schornsteinfeger bist, sagen die Leute natürlich: Da kommt der Glücksmann!"

„Nimmt der Schornsteinfeger uns nicht mit?" fragte Ottilie.

„Nein – er denkt gar nicht daran!"

„Die Frau bei uns, die unten wohnt, die mit den Ringelhaaren, hat aber gesagt, der schwarze Mann steckt uns ein."

„Die Frau hat dir bloß Angst machen wollen, Ottilie. Ich sage dir, der Schornsteinfeger tut keinem Menschen etwas zuleide. – Komm mit mir, wir wollen uns einmal den Schornsteinfeger ansehen. Vielleicht sitzt er schon irgendwo oben auf dem Dach."

Ottilie faßte nach der einen Hand, Olga ergriff die andere Hand des Primaners. „Du mußt aber mitkommen. Wenn er auf uns losgeht, mußt du ihn zurückboxen."

„Er geht nicht auf uns los, er bringt uns Glück."

„Mit dem Besen schlägt er uns auf den Kopf", meinte ängstlich die kleine Olga.

„Und mit der schwarzen Kugel schmeißt er nach uns."

„Was macht er denn mit der Leiter?"

„Die braucht er, um auf das Dach zu steigen", erklärte Karl.

„Wollen wir mal hingehen?" fragte Oskar, der im Schutze des großen Vetters alle Angst verloren hatte.

„Erst wollen wir mal schauen, ob wir den schwarzen Glücksmann auf dem Dache sehen können."

Tatsächlich, oben auf dem flachen Dach der Klinik stand der schwarze Mann.

„Hab' ich jetzt Glück?" fragte Oskar.

„Freilich", erwiderte Karl, „ich auch! Ich freue mich, daß ich den Schornsteinfeger gesehen habe."

„Komm rasch, wir laufen und holen Tante Pucki, damit sie Glück hat, und Onkel Claus auch!"

„Die haben beide keine Zeit, Oskar."

„Sie sollen doch den Glücksmann sehen. – Ich laufe ganz schnell hin und hole sie!"

„Nein, bleibe lieber hier. Wir wollen jetzt zusammen spielen."

„Ja, Verstecken!"

„Schön", sagte der gutherzige Primaner. Dann wurde ein Baum ausgewählt, an dem der Suchende mit geschlossenen Augen stehen und zählen mußte, bis die andern sich versteckt hatten. Kurz darauf nahm das Spiel seinen Anfang.

Wieder stand Karl am Baum und zählte geduldig. – Er wartete, daß von den Kindern der Ruf ertönen sollte: Fertig! Dieses Mal dauerte es sehr lange. Karl hatte schon bis sechzig – bis siebzig gezählt, da nahm er an, daß sich die Kinder so weit entfernt im Garten versteckt hatten, daß er ihr Rufen überhört hatte. Er machte sich also auf die Suche; er schaute in die Lauben, er suchte überall – von den drei Kindern war nichts zu sehen. Da rief er laut, aber keine Antwort erfolgte.

Die drei Kinder hatten anfangs die Absicht gehabt, ein recht schweres Versteck ausfindig zu machen. Sie waren dabei bis in den Vorgarten der Klinik gekommen und sahen dort die schwarze Kugel, das lange Seil und die Leiter des Schornsteinfegers stehen. Frohlockend griff Oskar nach dem Seil.

„Jetzt bin ich der schwarze Mann – der Glücksmann!“ schrie er vor Freude.

Der Besen stäubte Ruß aus, der sich an der blauweiß gestreiften Matrosenbluse des Jungen festsetzte. Durch das Anfassen der Kugel wurden seine Hände pechschwarz, aber das beunruhigte Oskar nicht im geringsten. Im Gegenteil, er jauchzte auf: „Ich bin der schwarze Mann! Ich bin der Glücksmann!“

„Nein, ein Glücksmann hat ein schwarzes Gesicht“, erklärte die ältere Schwester.

Sofort fuhr sich Oskar mit beiden Händen ins Gesicht und wiederholte das so lange, bis Ottilie meinte, nun sähe er wirklich aus wie ein Glücksmann. Auch sie hatte das Seil mehrfach angefaßt, so daß ihre Hände und ihr Kleid ebenfalls bereits deutliche Spuren des Glücksmannes aufwiesen.

„Jetzt laufen wir zu Tante Pucki, damit sie auch den Glücksmann sieht und Glück hat.“

„Und zu den kranken Leuten, die in den Betten liegen. Wenn man gesund ist, hat man Glück, sagt die Mutter.“

„Au fein – wir gehen zu den kranken Leuten.“

Ottilie nahm mit ihren schwarzen Händen die kleine Olga bei der Hand; so zog die schmutzige Gesellschaft durch den langen Flur der Klinik. Vorsichtig öffnete Oskar eine der Türen und schaute ins Zimmer. Dort lag in einem weißen Bett ein Mann.

„Ich bin der Glücksmann“, sagte Oskar.

„Was kommt da für ein schwarzer Junge an?“ fragte der Kranke erstaunt.

„Du hast einen Glücksmann gesehen, darum wirst du auch gesund. – So – wir gehen weiter!“

Auch die nächste Tür wurde geöffnet. Wieder dasselbe Spiel. Daß sich an den weißen Türen deutliche Spuren ihrer schwarzen Hände bemerkbar machten, das sahen die Kinder nicht. Sie wollten Onkel Claus suchen, damit auch er heute Glück hätte. Aber das Zimmer von Onkel Claus war, wie immer, verschlossen.

„Hier ist 'ne kleine Tür“, meinte Oskar, „da können wir durchgehen, dann kommen wir zu Tante Pucki. Wir müssen nur die Stufen 'runtersteigen. Ich weiß den Weg.“

Die drei kleinen Glücksmänner gingen weiter. Sie kamen in die Küche. Freudestrahlend lief Oskar auf die am Herd stehende Pucki zu und schmiegte sich an sie, ehe Pucki die „schwarze Gefahr“ abwenden konnte.

„Au fein – jetzt hast du Glück!“

„Ihr Schmutzfinken, wie seht ihr aus!“ schalt Pucki.

„Tante Pucki, wir sind doch Glücksmänner! Wir sind schon überall bei den Kranken gewesen!“

„Auch das noch“, stöhnte Frau Doktor Gregor. Sie sah im Geiste sauber bezogene Betten vor sich, auf denen schwarze Fingerabdrücke waren.

„Sofort kommt ihr mit mir! Jetzt wird gewaschen!“

„Nein, Tante Pucki, wir müssen noch weiter – wir sind die Glücksmänner!“

Aber Pucki duldete keine langen Gegenreden. Sie packte den ersten Glücksmann am Kragen, schob ihn vor sich her und ergriff Ottiliens Hand. Olga klammerte sich ohnehin an ihren weißen Kittel. So gingen alle hinüber ins Badezimmer.

„Ausziehen, aber sofort! Ich bin sogleich wieder hier. – Keiner von euch verläßt das Badezimmer!“ Rasch gab sie noch in der Küche die nötigen Anweisungen, dann wurden die drei kleinen Glücksmänner gründlich gesäubert.

„Karlemann – Karlemann“, seufzte Pucki, „der Anfang deiner Erziehungskünste war nicht ermutigend!“

In der Klinik betrachtete Schwester Maria kopfschüttelnd die vielen unsauberen Türen. Das konnte doch unmöglich der Schornsteinfeger gewesen sein. Dann mußte auch in der Klinik eines der Hausmädchen mit Wasser und Seife die Arbeit beginnen. Die Patienten klärten das Rätsel gar bald auf, und Schwester Maria beklagte sich bei Herrn Doktor Gregor, der zur Mittagsstunde Aufklärung von seiner Frau erhielt.

„Was ist los?“ fragte Karl aufhorchend. „Ich habe die drei Kinder immerfort gesucht.“

Als Pucki den Vorfall berichtete, wurde er recht kleinlaut. „Vielleicht ist das alles nur meine Schuld, Mutti. Ich erzählte den Kindern, daß ein Mann mit einem schwarzen Gesicht ein Glücksmann wäre. Das haben sie wohl mißverstanden. – Nun hast du statt Hilfe nur Mehrarbeit gehabt!“

„Es reichte mir zu“, erwiderte die Mutter. „Aber du hast es ja nur gut gemeint. Jedenfalls siehst du nun ein, mein lieber Karl, daß es nicht ganz leicht ist, Kinder zu beschäftigen.“

Auch die beiden Brüder Peter und Rudolf neckten Karl tüchtig.

„Hast eben keine Begabung“, sagte Peter, „ich würde die drei Kleinen ganz anders zusammenhalten. Man liest ihnen ein Märchen vor, dann sitzen sie wie die Mäuschen, und man kann dabei noch an seine eigenen Sachen denken.“

„Na, na“, meinte Pucki, „das geht auch nicht so, wie du dir das denkst, Peter! Kinder merken sehr genau, wenn man mit seinen Gedanken anderswo ist.“

„Sie haben stille zu sein, wenn ich lese.“

„Dann lies ihnen etwas vor, Peter. Es wäre mir sehr lieb, wenn du heute nachmittag die drei Kleinen beschäftigen würdest.“

„Gemacht, Mutti! – Eine Kleinigkeit! Ich liefere dir die drei O's in tadellosem Zustande wieder zurück!“

„Im Bücherschrank, der im Wohnzimmer steht, findest du im untersten Fach Bilder- und Märchenbücher. Wähle eines aus, vielleicht eins, das auch die vierjährige Olga versteht, und beschäftige dich für ein Stündchen mit den Kindern.“

„Du weißt, wie gern wir dir helfen, Mutti! Ich werde also heute den Märchenonkel machen! Ich werde die Prüfung besser bestehen als mein Bruder Karl."

„Er hat es gut gemeint, Peter. – Nun magst du einen Versuch wagen. Es sollte mich freuen, wenn die drei O's mit ihrem Märchenonkel zufrieden wären."

Eine halbe Stunde später rief Peter die drei Kinder zu sich.

„Hingesetzt – sitzengeblieben und zugehört!" sagte er. „Ich lese euch etwas Feines vor!"

Er hatte eine Erzählung von Wichtelmännchen ausgewählt, die er einst als sechsjähriger Knabe selber recht gern gehört und gelesen hatte. Das Buch war nicht mehr in gutem Zustand, aber es hatte viele hübsche Bilder, so daß Peter mit Sicherheit hoffte, die drei Kinder zu erfreuen. Unter jedem Bild stand ein Vierzeiler.

„Das sind die Wichtelmänner", begann er, „die ihr hier seht."

Nein, Zwerge sind das", sagte Ottilie.

„Wichtelmänner sind es", sagte Peter bestimmt.

„Das sind keine Wichtelmänner", beharrte Oskar, „das sind Zwerge, genau wie bei Schneewittchen. – Was sind denn Wichtelmänner?"

„Wichtelmänner sind auch Zwerge", erklärte Peter, schon ein wenig ungeduldig. – „Jetzt hört zu."

„Warum sind das Wichtelmänner und keine Zwerge?" fragte Ottilie wieder.

„Das sind doch Zwerge", meinte Oskar. „Zwerge haben Mützen und graue Kittel. Sieben Zwerge, wie bei Schneewittchen."

„Du hältst jetzt den Mund, Oskar. Ich will euch die Geschichte vorlesen."

„Von kleinen Zwergen", sagte Olga.

„Ja – lies von den Zwergen, aber nicht von den Wichtelmännern“, bat Ottilie.

„Nun seid endlich ruhig!“ schalt Peter. Er zeigte auf ein Bild, das mehrere Zwerge darstellte. Sie zogen einen Suppenlöffel, in dem ein Wichtelmännchen saß. Dann las er laut:

„Im Suppenlöffel kreuz und quer,
Als wenn's ein kleines Schifflein wär',
Da fahren Wichtelmännchen frisch
Herum auf dem polierten Tisch.“

„Sieh mal, die Zwerge, die haben einen Löffel genommen“, rief Ottilie. „Nu' noch mal vorlesen! – Wie war das?“

Peter las die vier Zeilen noch einmal.

„Sag noch mal!“ rief Olga.

„Du hast ihn ja schon zweimal gehört“, schrie Peter ungeduldig.

„Olga will noch mal hören – noch mal vom Suppenlöffel!“

Auf Peters Stirn erschien eine Falte, als er noch einmal las:

„Im Suppenlöffel kreuz und quer,
Als wenn's ein kleines Schifflein wär',
Da fahren Wichtelmännchen frisch
Herum auf dem polierten Tisch.“

„Wo fahren die kleinen Zwerge?“ fragte Ottilie.

„Auf dem polierten Tisch. – Und jetzt lese ich etwas anderes vor.“

„Was ist denn das für ein Tisch?“

„Na, ein polierter Tisch ist eben ein polierter Tisch! Ein blanker Tisch. Aber weiter!“

„Was ist denn ein bollierter Tisch?“

Peter überhörte die Frage und rief: „Ich lese jetzt den anderen Vers!“

Olga warf sich mit dem ganzen Körper auf das Buch.

„Olga will noch mal vom Suppenlöffel hören!"

„Ihr Bande – haltet Ruhe! – Jetzt kommt was noch Schöneres!"

„Nein, vom Suppenlöffel", rief Olga eigenwillig.

Peter schrie sie an:

> „Im Suppenlöffel kreuz und quer,
> Als wenn's ein kleines Schifflein wär' – –"

„Ist aber kein Schiff", krähte Ottilie, „ist doch ein Suppenlöffel auf einem bollierten Tisch!"

„Poliert", brüllte Peter aus Leibeskräften, „du bist ein dummes Mädchen!"

Olga erschrak und begann zu weinen.

Da besann sich Peter, daß er zu weit gegangen war. Er lenkte ein. „Brauchst doch nicht gleich zu heulen, kleiner Quark, freue dich lieber an den Wichtelmännern!"

„Das sind aber Zwerge."

Peter fuhr mit der Hand durch sein lockiges Haar. „Paßt mal auf, jetzt kommt etwas von der Milchschüssel!"

Ottilie hinderte Peter am Umblättern. „Sind die Zwerge so klein, daß sie in einem Suppenlöffel sitzen können? Dann muß sie Schneewittchen doch manchmal getreten haben?"

„Die Zwerge können gar nicht im Suppenlöffel fahren", belehrte Oskar. „Ich habe ein Bild von Schneewittchen gesehen, da waren die Zwerge so groß, daß sie nicht im Suppenlöffel fahren konnten."

„Erzähle uns von Schneewittchen", meinte Olga mit noch feuchten Augen.

„Nein, wir wollen von den Wichtelmännern lesen", rief Oskar.

„Warum fahren sie auf einem bollierten Tisch? – Warum fahren sie nicht auf dem Wasser?“ fragte Ottilie.

„Wenn ihr jetzt noch weiter fragt, schlage ich euch das Buch um die Ohren!“

„Sind das Wichtelmänner, die so klein sind? Noch kleiner als die Zwerge?“

Peter war aufgesprungen und lief verzweifelt mehrmals im Zimmer hin und her. Die drei Kinder saßen mit den Ellenbogen auf das Buch gestützt und betrachteten eingehend die grauen Männchen.

„Nein“, begann Oskar wieder, „die Männchen sind zu groß. Aber vielleicht können sie in eine Suppenkelle hinein und nicht in einen Suppenlöffel.“

„Komm her, Peter“, rief Ottilie, „lies weiter!“

„Nein, Olli will noch vom Suppenlöffel hören!“

Ottilie zerrte an dem Buch, Olga hielt es fest, und Oskar wollte ihr dabei helfen. Ein kurzes Reißen – die Seite mit dem Suppenlöffel ging heraus.

„Was macht ihr denn, ihr Rasselbande?“ rief Peter, hinzukommend. Trotz heftiger Gegenwehr nahm er den Kindern das Buch aus den Händen. Dann begann er laut zu schelten.

Abermals fing Olga an zu weinen. Oskar ging mit den Fäusten auf den Vetter los. Da versetzte ihm Peter einen leichten Klaps. Da fing auch Oskar an zu weinen und lief aus dem Zimmer. Ottilie wollte hinterher, stolperte über die Schwelle und schlug sich ein Loch in den Kopf.

Pucki vernahm plötzlich lautes Schreien. Sie warf die Näharbeit zur Seite, lief dem heulenden Oskar in den Weg, sah auf der Schwelle Ottilie liegen und vernahm aus dem Zimmer Olgas Weinen.

Mit betretenem Gesicht stand Peter am Tisch; er hielt das zerrissene Bilderbuch in den Händen.

„Wenn doch die Wichtelmänner im Suppenlöffel nicht spazierenfahren können!" heulte Oskar. „Aber Peter will, daß sie im Suppenlöffel fahren sollen. – Er ist ja dumm!"

Zunächst beruhigte Pucki die weinenden Kinder, dann erfuhr sie alles Nähere. Sie sandte Peter einen schelmischen Blick zu, dann nahm sie die drei Kinder und führte sie hinüber in ihr Zimmer, in dem bereits Mabel und Regine saßen.

Eine Stunde später bot sich Peter Gelegenheit, die Mutter allein zu sprechen.

„Ich habe mich schon bei Karl entschuldigt", sagte er, „er mag die Kinder wieder übernehmen. – Mutti, ich werde mit der Gesellschaft nicht fertig. Ich glaube, ich habe nicht genügend Geduld. Es war verteufelt schwer!"

Pucki legte den Arm um die Schultern ihres Zweiten. „Du hast es gut gemeint, mein lieber Junge. Mit Rudolf will ich es lieber gar nicht erst versuchen, obwohl er sich vorhin auch schon angeboten hat. Glücklicherweise ist Ottiliens Verletzung ganz leicht. Eine Beule am Kopf, sie wird bald wieder verschwunden sein."

„Mutti, du bist eine tüchtige Frau, ich bewundere dich geradezu! Mit allen wirst du fertig, und alle haben dich lieb. Weißt du, Mutti, ich werde wohl niemals heiraten, die Verantwortung ist mir zu groß!"

Pucki lachte. „Du wirst später anders darüber denken, mein lieber Junge."

„Ja – wenn ich eine Frau fände wie dich, würde ich gleich heute noch heiraten. Aber wo finde ich sie? Es gibt eben nur eine tüchtige Frau auf der Welt, und die bist du!"

Da kam Ottilie ins Zimmer gelaufen. „Tante Pucki, komm zu uns! Du hast jetzt genug mit dem dummen Jungen geredet, wir wollen dich auch haben!"

„Sie hat eigentlich recht", sagte Peter nachdenklich, „ich habe mich wie ein dummer Junge betragen. – Von morgen ab soll es anders werden,

Mutti, morgen lese ich ihnen Schneewittchen vor und habe furchtbar viel Geduld."

„Ich schreibe heute noch an eine Kindergärtnerin; sie mag die Kinder unter ihre Aufsicht nehmen."

„Du traust uns also nicht viel zu, Mutti?"

„Was Kindererziehung anbelangt, mein lieber Junge, habt ihr leider keine Beweise eures Könnens geliefert, aber ich bin trotzdem mit meinen drei Jungen sehr zufrieden. Ich erkenne euren guten Willen an", sagte die Mutter mit einem glücklichen Lächeln.

Dann bekam Peter einen herzlichen Kuß.

Leid und Freud' in Kinderherzen

Das Leid um die verstorbenen Eltern drückte so schwer auf Mabel und Regine, daß es Pucki trotz aller Bemühungen nicht recht gelingen wollte, die Mädchen fröhlicher zu machen. Wie oft sah sie Spuren von heimlich vergossenen Tränen, wie oft fand sie die beiden Kinder leise weinend im Zimmer. Nun sann Pucki darüber nach, die Kinder ein wenig von ihrem Schmerz abzulenken. Claus stand ihr treulich zur Seite. Er hatte Mabel und Regine oft aufgefordert, ihn auf seinen Fahrten über Land zu begleiten, aber wenn dann das Auto vorfuhr, liefen sie weinend davon. So opferte Pucki viel von ihrer knappen Zeit, um mit den Kindern spazierenzugehen. Karl hatte sich mehrfach erboten, ihr diese Spaziergänge abzunehmen, aber er war stets rasch wieder heimgekommen, weil die Mädchen zum Umkehren drängten. Sie konnten sich mit Karl nicht darüber unterhalten, was sie bedrückte. Nur wenn Pucki kam, waren sie sofort bereit, mit ihr zu gehen.

So hatte es Frau Doktor Gregor heute wieder eingerichtet, mit Mabel und Regine hinaus zur Schmanz zu wandern. Anfangs wollte sie auch Ottilie mitnehmen, sie unterließ es aber dann doch, weil sie genau wußte, daß die armen Kinder am liebsten mit ihr allein waren.

Nun schritten die drei durch den grünen Wald der Schmanz zu.

Regine wollte wissen, was die Schmanz sei, und Pucki erzählte den Kindern von dem stattlichen Bauernhof, der auf einer Lichtung im Walde läge. Um das Haus dehnten sich Wiesen und Felder, die alle dem Bauer Teck gehörten.

„Die Bäuerin kam einst als kleines Mädchen zu meinen Eltern ins Forsthaus Birkenhain. Rose, so hieß sie, war ein blasses Stadtkind, das gar bald unseren Wald lieben lernte. Die Großstadt gefiel Rose nicht mehr, sie wollte lieber für immer im Walde bleiben."

„In Bremen ist es viel schöner", sagte Mabel.

„Es wird euch auch in Rahnsburg bald gefallen. Du mußt dich erst eingewöhnen, liebe Mabel."

„Sollen wir denn immer hierbleiben? Gar nicht mehr nach Bremen zurückfahren?"

„Vorläufig möchte euch Tante Pucki hierbehalten. – Tante Pucki hat euch sehr lieb. Ich habe doch nur drei Jungen, und ich möchte gar zu gern auch noch zwei kleine Mädchen in meinem Hause haben. Für Tante Pucki wäre es eine große Freude, wenn es euch bei ihr gefallen wollte und ihr für immer bei ihr bleiben würdet."

Die beiden Kinder schwiegen. Pucki wußte, daß sie sehr vorsichtig mit den verwöhnten Mädchen reden mußte und daß sie nur langsam, sehr langsam, die Liebe dieser beiden Kinder erringen würde. Es vergingen gewiß noch viele Monate, bis die beiden freudiger den Gedanken erwägen würden, für immer im Doktorhause zu bleiben.

„Ist dann die Rose wirklich immer hiergeblieben?" fragte Regine.

„Ja, Rose kam mehrere Sommer hintereinander zu uns ins Forsthaus. Ich bin oftmals mit ihr hinaus zur Schmanz gegangen, weil dort sehr liebe Menschen wohnten. Als Rose dann aus der Schule kam, trat sie bei Bauer Teck als Hausmädchen ein. Später hat sie seinen Sohn geheiratet und ist auf der Schmanz geblieben. – Der alte Bauer und seine Frau sind inzwischen gestorben; nun ist die Rose die Bäuerin und freut sich an ihren vier Jungen und ihren drei Mädchen. Sie sind nicht alle daheim, einige sind schon erwachsen und in Stellung gegangen. Aber der Älteste, der Gottlieb, hilft fleißig in der Landwirtschaft mit, während die älteste Tochter Meta Kochen und Wirtschaften gelernt hat und eine schöne Stelle bekleidet."

Während des Wanderns machte Pucki die Kinder auf die Schönheiten des Waldes aufmerksam, nannte ihnen die Namen der verschiedenen Bäume und der Blumen, und so verging die Zeit sehr rasch. Bald kam das schmucke Bauernhaus in Sicht.

Rose Teck begrüßte die Ankommenden gar herzlich. Im Sommer gab es für sie viel Arbeit, denn die Ernte mußte geborgen werden. Staunend betrachteten Mabel und Regine das Innere des Bauernhauses. Sie hatten noch nie solch ein Haus gesehen. Gleich wenn man durch die Haustür trat, befand man sich in einer großen Küche mit einem riesigen Herd, in den der Backofen mit eingebaut war. Darüber hingen blitzblanke Kessel und Töpfe.

Dann lernten die Mädchen die Kinder des Hauses kennen. Es waren frische rotwangige Buben und Mädel, die ohne Scheu die Ankommenden begrüßten. Schweigend ließen sich Mabel und Regine durch die Ställe führen, neugierig schauten sie der Arbeit auf den Feldern zu, wagten jedoch keine Fragen zu stellen. Alles, was sie hier sahen, war ja so ganz anders als in Bremen, aber auch anders als bei Tante Pucki.

Als sie ins Haus zurückkehrten, stand Regine lange vor einer großen Kiste, in der aus Streichholzschachteln, Korken und kleinen Brettchen selbstgefertigte Puppenmöbel standen. Wie niedlich sahen diese Sachen aus! Zum ersten Male seit langer Zeit lachte sie über die drollige Einrichtung.

„Das machen der Vater und die Brüder", sagte eines der kleinen Mädchen. „Jetzt bekommt die Kiste noch eine Tapete, dann ist sie ganz fein. Dann ist die Kiste eine schöne Stube für meine Puppen."

„Wo sind deine Puppen?"

Helene brachte eine Anzahl kleiner billiger Püppchen herbei.

„Die Kleider näht meine große Schwester, und ich helfe ihr dabei. – Das macht viel Spaß! Immer wenn ich ein Stückchen Stoff finde, mache ich meinen Puppen Schürzen daraus.“

„Ich habe auch Puppen, aber die haben viel schönere Kleider. Ich nähe sie nicht – ich kann nicht nähen. Die Puppen haben mir meine Eltern gekauft und jetzt – – sind meine Eltern tot.“

Helene warf einen traurigen Blick auf das Kind, dann reichte sie ihm eine der kleinen Puppen. „Ich schenke dir eine Puppe, weil dir deine Mutter keine mehr schenken kann. – Du darfst sie mitnehmen.“

Unschlüssig hielt die kleine Regine die billige Puppe in der Hand. Sie gefiel ihr gar nicht, ihre Puppen waren ja viel schöner, viel größer. Dennoch fühlte das Kind, daß Helene es gut mit ihr meinte und ihr eine Freude machen wollte.

„Ich danke dir, ich werde die Puppe mitnehmen. Ich möchte auch so eine Stube für die Puppe haben wie du.“

„Sag es doch dem Onkel Doktor, er macht dir eine. – Man kann so schön damit spielen!“

Auf der Schmanz gab es reichlich Obst für die Kinder, dann trat Pucki mit Mabel und Regine den Heimweg an. Unterwegs zeigte Regine die Puppe und fragte, ob Onkel Claus ihr wohl auch so eine Puppenstube machen könnte, wie sie Helene hätte.

„Onkel Claus wird kaum Zeit haben. Wir wollen aber einmal mit Karl, Peter und Rudolf sprechen. Jeder von euch soll eine solche Puppenstube haben.“

„Wir kleben dann aus Streichholzschachteln einen Stuhl und – ein Klavier.“

Pucki wurde es leichter ums Herz. Bisher hatten die Kinder stets teilnahmlos dem Spielen der anderen Kinder zugesehen. Die eigenen Spielsachen, die Doktor Gregor aus Bremen mitgebracht hatte, lagen unbeachtet in den Schubladen. Nun endlich äußerte Regine einen Wunsch; der sollte ihr möglichst bald erfüllt werden. Außerdem konnte sie sich selbst bei der Herstellung der Puppenmöbel beteiligen. Das war gut so, das lenkte ab.

Sofort begann Pucki zu erzählen, wie sie als Kind allerlei Spielzeug zusammengebastelt und wie ihr gerade dieses selbstgefertigte Spielzeug die größte Freude gemacht hätte.

„Wir machen aus Korken Männer und Frauen“, schlug sie vor, „und eine Schlange, auch aus kleinen Korken. Wir lassen uns von Rudolf aus Holz Tiere aussägen und bemalen sie. Die Lämmchen bekleben wir mit Watte. – Ich glaube, das wird euch viel Spaß machen. Wenn wir heimkommen, wollen wir uns sogleich die drei Jungen heranholen, um möglichst bald zwei Puppenstuben herzustellen.“

Sogar Mabel, die zehnjährige, fand Gefallen an diesem Plan. Tante Pucki hatte immer neue Einfälle. Die Puppenhäuser sollten sogar zwei Stuben bekommen. Die Kiste würde mitten durchgeteilt, die Möbel dazu selbst hergestellt werden. Pucki wußte ja, daß ihre drei Jungen sofort mithelfen würden, wenn es galt, den beiden Waisen eine Freude zu machen.

Gegen Abend kamen sie zu Hause an. Regine fragte sofort, ob Tante Pucki nicht schon heute mit den drei Jungen reden könnte.

„Gewiß, mein liebes Mädelchen. Beim Abendessen wird alles besprochen. Jetzt muß ich rasch hinüber zu Onkel Claus.“

Pucki eilte in die Klinik. „Hast du einen Augenblick Zeit für mich, Claus?“

„Aber freilich!“

„Ich komme soeben von der Schmanz. Rose will mir helfen. Ihre Tochter Hedwig, die achtzehnjährige, ist gerade zu Hause. Sie hilft den Eltern in der Landwirtschaft und will zum ersten September wieder in Stellung gehen. Rose will mir nun ihre Hedwig für die nächsten Wochen überlassen, damit die Kinder unter Aufsicht sind. Sie sagte, Hedwig eigne sich gut dazu, und ich wäre froh, wenn ich das liebe Mädchen bekäme.“

„Sehr nett von Rose, daß sie dir Hedwig abtreten will. Ich habe mir deinetwegen schon Sorge gemacht, Pucki. Wenn du auch unsere Berta und Anna hast, so brauchst du beide doch in der Hauptsache für den Haushalt. Du hättest Hedwig nur gleich mitbringen sollen."

„Sie kommt morgen und holt sich Bescheid. Am Nachmittag will sie dann kommen und die Kinder unter ihre Obhut nehmen. Die drei O's machen mir allerhand zu schaffen."

„Das merke ich, Pucki. Du hast dir doch zuviel aufgeladen. Ich glaube, der Arzt muß einmal ein Machtwort reden."

„Ja, lieber Claus", sagte Pucki mit einem müden Lächeln, „ich fühle selbst, daß ich überreiche Arbeit habe. Ich habe aber heute bei Rose Teck gesehen, welch eine Fülle von Arbeit der Sommer ihr bringt. Schau, Claus, ich stehe doch auch im Lebenssommer, da ist es eben nicht anders: der Sommer bringt viele schöne Blumen und Früchte, aber auch viel Arbeit. Es wird mir bestimmt nicht zuviel werden, ich schaffe schon alles."

„Ja, Pucki, du erntest bereits in deinem Lebenssommer das, was andere erst im Herbst ernten."

„Hast recht, Claus! Wenn ich meine drei Jungen ansehe, bin ich überglücklich."

„Auch dann, wenn sie die drei O's behüten sollen?" fragte er lachend.

„Auch dann, Claus! Heute beim Abendessen werde ich dir den Beweis liefern, daß der gute Samen, den du in die Herzen deiner Kinder legtest, kraftvoll aufging."

„Ich glaube, den größten Anteil hast du, Pucki."

„Na, Claus, denke nur an meine törichten Streiche, die ich noch als junge Mutter beging."

„Macht nichts, Pucki, es kommt im Leben viel mehr auf den Sommer und auf den Herbst an! Laß im Frühling ruhig die Stürme sausen; wenn etwas fest gepflanzt ist, wird es nicht entwurzelt."

„Ich muß wieder fort, ich habe zu tun, mein lieber Mann. – Morgen kommt also Hedwig Teck zu uns ins Haus."

Pucki eilte wieder hinüber, um das Abendessen anzurichten. Aus dem Wohnzimmer tönten laute Stimmen. Das war doch Regine? Faßte das kleine Mädchen endlich Vertrauen zu den anderen? Und jetzt lachte sie sogar. Da war es Pucki, als müsse sie dankerfüllt die Hände falten. Wenn die beiden Mädchen erst wieder lachen konnten, war der Weg zu ihren Herzen frei!

Beim Abendessen erzählte Pucki von den Puppenstuben auf der Schmanz und von den Wünschen der beiden Kinder.

„Ich habe auch eine Puppenstube", rief Ottilie.

Pucki schaute ihre drei Jungen der Reihe nach an. „Ich habe mir gedacht, daß ihr in den nächsten Tagen zwei solcher Puppenstuben zusammen basteln werdet. Möbel aus Holz oder Streichholzschachteln müßt ihr erfinden; Laubsägearbeiten habt ihr alle drei ja schon gemacht. Es wird euch sicher eine Freude sein, euren kleinen Basen zwei Puppenheime herzurichten."

Es schien, als wenn dieser Plan anfangs ohne große Begeisterung aufgenommen würde. Nur Rudolf, der sehr gern Laubsägearbeiten machte, erklärte, er hätte gerade Zeit und würde einige Möbel aussägen. – Als dann aber Pucki ihren Ältesten mit forschendem Blick anschaute, sagte Karl hastig:

„Na ja – da können wir ja gleich morgen mit dem Krempel anfangen."

„Machst du mir eine Puppenstube?" fragte Regine und sah den Vetter ängstlich an.

Der schaute in ihre traurigen Augen und sagte dann lebhaft werdend: „Wenn es dich freut, kleine Regine, mache ich dir ein feines Puppenhaus."

Am nächsten Tage ging die Arbeit los. Alle saßen im Kinderzimmer beisammen und blickten unentwegt auf die Arbeiten der drei Vettern.

Da wurde gesägt, genagelt, geleimt und geklebt. Die Mädchen in der Küche wurden bedrängt, leere Streichholzschachteln herzugeben. Buntes Papier wurde herausgesucht, kurzum, es herrschte ein wildes Durcheinander. Als Pucki ins Zimmer schaute, sah sie Mabel und Regine, die gerade damit beschäftigt waren, Streichholzschachteln mit braunem Glanzpapier zu überziehen. Sehr ruhig ging es natürlich nicht zu. Bald schrie Rudolf, bald brüllte Peter eines der Kinder an; dann bekam Olga einen Puff, weil sie einen neugefertigten Stuhl zerbrochen hatte. Die sechsjährige Ottilie wollte natürlich auch mit basteln, zerbrach aber alles und wurde von Peter zornig angeschrien.

„Laß das sein, wenn du nichts verstehst!"

Ottilie begann zu weinen.

„Heule nicht", rief Peter.

„Ich – heule – ja nicht!"

„Ja, du heulst!"

„Nein, ich heule nicht", erwiderte Ottilie krampfhaft schluckend, „es heult doch von selber!"

Da brach Mabel in lautes Lachen aus. Es war das erste Lachen seit dem furchtbaren Unglücksfall. Sie tröstete die Schluchzende, gab ihr ein ausgesägtes Lämmchen in die Hand und zeigte ihr, wie man es mit Watte bekleben mußte. Aber Ottilie hatte bald die Fingerchen voll Leim, so daß alles daran kleben blieb. Und als sie die Finger in die Schürze abwischte, stieß sie dabei noch die Leimflasche um. Rasch wischte sie den Leim mit der Schürze vom Tisch herunter und schluchzte erneut:

„Alles klebt – – brrr, es ist schrecklich!"

Karl wusch Ottilie die Hände ab, nahm ihr die Schürze fort und stiftete Ordnung.

Sehr rasch waren die beiden Kisten mit Tapete beklebt. Rudolf sägte die Fenster aus, Mabel und Regine aber standen mit strahlenden Augen daneben und schauten zu.

„Nun muß die ganze Geschichte erst trocknen", sagte Karl. „Für heute ist es genug!"

Abermals schaute Pucki ins Kinderzimmer. Wie sah es dort aus! Aber Pucki tadelte nichts, denn jetzt galt es, die Kinder zu beschäftigen und zu erfreuen.

„Seid ihr auch alle friedlich und artig?" fragte sie nur, während sie in der Tür stehenblieb.

Waltrauts Ältester lief auf sie zu: „Der olle Peter hat Ottilie angebrüllt, Tante Pucki, sie hat so geweint, daß ihr die Tränen immerzu am Rücken 'runtergelaufen sind."

Wieder lachte Mabel auf. „Die Tränen können doch nicht am Rücken herunterlaufen? Bist du aber dumm!"

„Peter, Peter", drohte Pucki, „ist dir wieder dein Temperament durchgegangen? – Nun spielt weiter ruhig miteinander, damit ich keine Klagen höre. Wer nicht artig ist, bekommt heute mittag keinen Schokoladenpudding."

„Der Peter bekommt keinen! Ich esse seinen Pudding mit auf!" rief Ottilie.

„Von jetzt an seid ihr alle friedlich und recht artig", mahnte Pucki erneut. „Spielt nett zusammen, dann freut Tante Pucki sich. – Karl, nicht wahr, du schaffst Ordnung!"

„Freilich, Mutti!"

Pucki ging davon.

„Ich will jetzt Schule spielen", sagte Ottilie. „Du bist das Fräulein." Dabei wies sie auf Karl.

„Ach ja", meinte Regine, „wir spielen Schule, das ist fein!"

„Nein, von der Schule habe ich genug", brummte Rudolf, „jetzt sind Ferien!"

„Wir wollen Schule spielen", beharrte Ottilie.

„Schule spielen“, echote Olga.

Es ging nicht anders, der Wunsch nach diesem Spiele wurde immer lauter. Doch als Karl den Peter als Lehrer vorschlug, ertönte lauter Widerspruch.

„Nee“, sagte Oskar mit Nachdruck, „so einen Lehrer will ich nicht, der haut mich wieder.“

Karl machte sich erneut an den Puppenstuben zu schaffen. Er hoffte, daß die Kinder ohne ihn spielen würden. Doch man bedrängte ihn immer wieder, so daß er schließlich einwilligte. Schon rückten die drei O's die Stühle zusammen, Mabel und Regine gesellten sich hinzu, und Rudolf mußte auch mittun. Nur Peter weigerte sich.

„Du bist der Lehrer“, bestimmte Oskar und wies auf Karl.

„Nein, du bist die Lehrerin“, sagte Mabel, „wir haben immer nur Lehrerinnen.“

„Das ist doch keine Lehrerin“, widersprach Oskar, „eine Lehrerin hat einen Rock an.“

„Ich hole rasch einen Rock“, rief Ottilie.

Da weigerte sich Karl ganz energisch. Aber schon kam Regine mit einer Schürze angelaufen und sagte bittend: „Ach, sei du doch unsere Lehrerin. Du bist so gut!“

Karl zögerte noch einige Augenblicke. Er, der Primaner, sollte sich eine Küchenschürze umbinden? Als sich aber Mabel mit der Schürze näherte und sie ihm umbinden wollte, ließ er es endlich ein wenig verlegen geschehen. Es war gut, daß ihn keiner seiner Klassenkameraden so sah.

Dann ging es mit dem Unterricht los.

„Fräulein – ich weiß was“, rief Ottilie und hob den Finger.

Fragen aller Art folgten.

„Du bist ein Fräulein“, sagte Ottilie, „du mußt mit der Stimme mehr piepsen. Unser Fräulein piepst auch.“

„Ach ja, du mußt piepsen", rief Regine und klatschte in die Hände.

Da richtete Karl in höchsten Fisteltönen an Oskar die Frage: „Wieviel sind fünf und sieben?"

„Das ist zu schwer", meinte Oskar.

„Paß mal gut auf, Oskar. Ich lege hier drei Eier her, und du legst vier Eier dazu –"

„Er kann ja gar keine Eier legen", warf Rudolf trocken dazwischen.

Helles Gelächter folgte darauf.

„Kannst ja keine Eier legen", riefen alle.

„Und ich kann auch keine Eier legen", ergänzte Oskar. „Eier legt doch das Hühnchen!"

„Ruhe!" gebot die Lehrerin, aber dieses Mal nicht mit einer Piepsstimme.

„Der Karl legt Eier", lachte Ottilie. „Hahaha, der Karl legt Eier!"

„Ruhe, oder ich hole den Stock aus der Ecke!"

„Fräulein, du mußt doch piepsen", rief Regine.

„Wenn die Lehrerin böse ist, piepst sie nicht mehr", erwiderte Karl. „Also Ruhe! – Aufgepaßt, Oskar! Ich hole drei Eier aus dem Hühnerstall, und du holst vier Eier aus dem Hühnerstall."

„Nein, ich darf keine Eier aus dem Hühnerstall holen. Wir Kinder dürfen nicht in den Hühnerstall gehen."

„Ich bin mal gestolpert", rief Ottilie, „und bin aufs Nest gefallen. Da klebten alle Eier an mir."

„Ich habe dich nicht gefragt", piepste die Lehrerin, „ich verlange von Oskar die Antwort. Also, ich hole vier Eier aus dem Hühnerstall –"

„Vorhin hast du doch nur drei geholt", rief Regine.

„Der Karl legt Eier – – der Karl legt Eier!" lachte Ottilie, und wieder ertönte lautes Lachen durch das Zimmer.

Diesen Ausbruch der Freude hörte Doktor Gregor, der gerade aus der Klinik gekommen war, um seiner Frau zu melden, daß er wahrscheinlich nicht pünktlich zum Mittagessen kommen könne, da er über Land fahren müsse. Er stand einen Augenblick lauschend an der Tür. Was war das für eine hohe Stimme, die ständig durch den Lärm der Kinder hindurch rief:

„Ich hole vier Eier aus dem Hühnerstall – –"

Da öffnete Doktor Gregor die Tür. Noch hörte er die letzten Worte seines Ältesten, er sah ihn mit der vorgebundenen Küchenschürze und lachte ebenfalls herzlich mit.

Oskar war der erste, der Onkel Claus erblickte.

„Der Karl legt Eier – hier auf den Tisch, und ich soll auch Eier legen! Hahaha!"

Doktor Gregor war sofort von den Kindern umringt, nur Karl stand abseits. Hastig nestelte er an den Bändern der Küchenschürze, verknotete sie aber nur noch mehr und konnte sich daher der Schürze nicht so rasch entledigen. Dunkles Rot lag auf seinen Wangen. Es war dem Primaner sichtlich peinlich, vom Vater in dieser Aufmachung gesehen zu werden.

Doktor Gregor sprach freundliche Worte mit den übermütigen Kindern. Dann kam Pucki, die das laute Lärmen hörte, herbei und mußte sich gleichfalls die Geschichte von dem eierlegenden Karl erzählen lassen.

Es war Karl indessen gelungen, die Küchenschürze abzulegen. Da winkte ihm der Vater zu. „Ich möchte noch rasch ein Wort mit dir reden, Karl."

Er folgte dem voranschreitenden Vater mit gesenktem Kopf. Er, der Primaner, hätte den Wünschen der Kleinen nicht nachgeben dürfen. Sie wären gewiß auch damit einverstanden gewesen, wenn er die Rolle des Lehrers und nicht die der Lehrerin gespielt hätte.

Im Nebenzimmer saßen bald Vater und Sohn sich einander gegenüber. „Hast du etwas für mich zu tun, Vater? Soll ich dir helfen?"

„Nein, mein Junge! Ich wollte dir nur einmal recht herzlich die Hand drücken."

„Mir? – Warum?"

„Ich habe Mabel und Regine lachen hören, ein Kinderlachen, wie sie es früher hatten. Ich nehme an, daß ihnen die Lehrerin mit der Schürze viel Spaß gemacht hat. Ich weiß sehr wohl, mein Junge, wie einem Primaner ums Herz ist, ich war selbst einmal einer. Ich habe auch deine Verlegenheit gesehen, als ich das Zimmer betrat. Das war unnütz, mein lieber Junge. Ich glaube, du hast heute ein großes Werk der Nächstenliebe getan und dich selbst bezwungen."

„Ach – Vater, es war doch nur ein übermütiges Spiel –"

„Mein lieber Junge, ich habe einmal deiner Mutter ein Buch geschenkt. In diesem Buche habe ich alle ihre Jugendstreiche niedergeschrieben. Ich hatte es zusammengestellt, deine Tante Agnes schrieb es ab."

„Ja, Vater, ich weiß. – Dieses Buch haben wir Kinder dann in die Hand bekommen. Eine deiner Patientinnen las uns die kleinen Streiche vor."

„Ich habe die Absicht, deiner Mutter in Kürze den zweiten Band dieser Erinnerungen zu schenken. Du weißt es selbst, welch prächtige Frau und Mutter sie geworden ist. Ein leuchtendes Beispiel für viele! Auch von euch ist in diesem Buche die Rede, und ihr kommt nicht gerade schlecht weg. Aber an dir, Karl, habe ich heute eine besondere Freude gehabt."

„Vater!"

„Es fiel dir kein Stein aus deiner Primanerkrone, als du bereit warst, den kleineren Kindern eine Freude zu machen. Es wurde dir nicht leicht, aber du hast es getan. Nett von dir, mein Junge! Über dem zweiten Bande, den ich deiner Mutter schenken werde, steht ein Vers, den ich dir heute schon mit auf deinen Lebensweg geben will, denn du hast mir gezeigt, daß du das begreifst, was in diesem Gedicht steht. Deine Mutter hat in den letzten Jahren ein Leben für uns geführt. Was sie uns war, will mein Gedicht zum Ausdruck bringen."

„Sag mir das Gedicht, Vater."

„Freilich, mein Sohn, denn ich gebe dieses Gedicht ja auch dir auf deinen Lebensweg. Schreibe es dir tief ins Herz! Gerade weil wir die beiden unglücklichen Kinder ins Haus nahmen, sollst du dich manchmal dieser Zeilen erinnern und danach handeln."

Gespannt blickte Karl den Vater an.

„So höre zu:

Es war nur ein sonniges Lächeln,
Es war nur ein freundliches Wort,
Doch scheuchte es lastende Wolken
Und schwere Gedanken fort.

Es war nur ein warmes Grüßen,
Es war nur der Druck einer Hand,
Doch war es die leuchtende Brücke,
Die Himmel und Erde verband.

Ein Lächeln kann Schmerzen lindern,
Ein Wort, das von Herzen kam,
Gibt Glaube und Hoffen dir wieder,
Weil es dir die Sorgen nahm.

Es kostet dich wenig zu geben:
Wort, Lächeln und helfende Hand,
Doch arm und kalt wär' dein Leben,
Wenn keiner dein Helfen empfand."

Karl reichte dem Vater die Hand und drückte sie kräftig. Claus nickte.

„So, mein Junge, nun muß ich fort, die Pflicht ruft."

„Und ich", sagte Karl mit heller Stimme, „werde weiter mit den Kindern im Nebenzimmer Schule spielen."

Dumme und liebe Gedanken

Das Mittagessen war eingenommen, man hatte sich vom Tisch erhoben. Karl wollte das Zimmer verlassen, da rief ihn der Vater zurück.

„Ich habe mich davon überzeugt, daß du dein Abiturientenexamen im Frühling bestehen dürftest. Ich habe auch gehört, daß Peter im letzten halben Jahr ein fleißiger Schüler geworden ist und daß auch er versetzt werden wird. So will ich euch beiden eine besondere Freude machen. Wir fahren am Sonnabend nach Berlin zur Autoausstellung und kommen am Sonntag spät abends wieder zurück. Ich weiß, daß ihr beide viel Freude daran haben werdet. Ihr könnt mir helfen, einen neuen Wagen auszuwählen."

Peter stieß einen Freudenschrei aus, während Karl stürmisch die Hand des Vaters ergriff und drückte.

„Hast du geahnt, was ich mir seit drei Monaten wünsche, Vater?"

„Geahnt nicht, aber immerfort gehört. Oft genug hast du davon erzählt, daß der Besuch einer Autoausstellung für dich das denkbar Schönste sei."

„Wir kaufen eine fabelhafte Limousine. Ein schönes Hellgrau ist für weite Fahrten das Praktischste."

„Unsinn", rief Karl, „der neue Wagen muß dunkel sein. – Dunkelblau wirkt immer elegant!"

„Einer unserer Wagen war weiß", ertönte da Mabels Stimme.

Pucki ging sofort zu dem Mädchen und legte ihm den Arm um die Schulter. Sie merkte, daß Mabel schon wieder mit den aufsteigenden Tränen kämpfte. Jedesmal, wenn die kleine Waise an irgend etwas erinnert wurde, das den Eltern besonders lieb gewesen war, brachen wieder Tränen durch; die Zeit hatte hier noch viel zu lindern.

„Weiß ist furchtbar unpraktisch", rief Peter. „Vater, wann fahren wir?"

„Am Sonnabendnachmittag."

„Freut euch nur nicht zu sehr", warf Rudolf ein. „Ich müßte eigentlich mitgenommen werden, denn ich verstehe von Autos mehr als der Peter.

Aber wahrscheinlich wird gar nichts aus der Fahrt. – Wahrscheinlich wird Sonnabend wieder ein Patient eingeliefert, dann ist der schöne Plan wieder zum Teufel. Ihr braucht euch noch nicht zu freuen, es klappt nicht!“

„Du weißt sehr genau, Rudolf“, sagte der Vater lächelnd, „aus welchem Grunde du daheim bleiben mußt.“

„Ich habe ja auch gar nicht gesagt, daß ich mitkommen möchte.“

„Weil du genau weißt, daß Jungen, die ein so schlechtes Zeugnis heimbrachten wie du, kein Anrecht auf eine besondere Freude haben.“

„Es gibt noch viele Autoausstellungen, und vor mir liegt ein langes Leben. Wenn ich mir später einmal einen eigenen Wagen kaufe – –“

„Halte endlich den Mund“, rief Peter, „sei nicht immer so frech! Vater, wenn aber wirklich am Sonnabend ein Patient eingeliefert wird?“

„Ich habe für Vertretung gesorgt.“

„Pah –“ rief Rudolf und schnippte mit dem Finger, „auf einmal ist es ein so schwieriger Fall, daß Vaters Vertretung versagt. Ich habe so eine Ahnung, daß aus der Fahrt zur Autoausstellung nichts wird. Darum ärgere ich mich erst gar nicht, daß ich hierbleiben muß. Ich habe für den Sonntag schon allerlei vor!“

„Tante Pucki, werden sie doch einen weißen Wagen kaufen, so einen wie Eberhard hatte?“ fragte Mabel wieder.

„Das wollen wir getrost Onkel Claus überlassen, kleine Mabel. Komm jetzt mit mir, ich gehe hinunter in den Garten, um Blumen für die Klinik zu pflücken; dabei sollt ihr mir helfen.“

Aber bevor Mabel das Zimmer verließ, wandte sie sich nochmals an Doktor Gregor. „Kaufe doch einen weißen Wagen, Onkel, dann denke ich, es ist der Wagen von Eberhard und Mary.“

Claus strich dem kleinen Mädchen zärtlich über das Haar. „Einen weißen Wagen werde ich bestimmt nicht kaufen“, dachte er dabei, „weil er mich zu stark an das schwere Unglück erinnern müßte, dem Bruder und Schwägerin zum Opfer gefallen sind."

Liebevoll sagte er laut:

„Wir werden mal sehen, ob wir einen hübschen hellen Wagen finden. Er wird dir schon gefallen."

Als die drei Brüder dann allein waren, brach bei Karl und Peter die Freude erst richtig durch. Rudolf aber erhielt von Peter einen kräftigen Rippenstoß, als er wiederum meinte, daß die Berliner Reise gar nicht zustandekommen würde.

„Ich habe so eine Ahnung! Bei uns ist es ja immer so! Der Vater fährt nicht, wenn ein Kranker nach ihm schreit!"

„Du bist ja nur neidisch", meinte Peter.

„Ich möchte dich mal in der Autohalle sehen", gab Rudolf zurück, „du weißt ja kaum, was bei dem Auto vorn oder hinten ist. Aber ich, ich kenne jeden Wagen schon von weitem. Wenn ich dir etwas vom Zylinder erzähle, denkst du, ich meine Vaters Zylinderhut."

„Dussel!"

„Du bist der Dussel! Du verstehst von Autos überhaupt nichts! Na, du wirst dich gut blamieren! – Aber – es kommt ja gar nicht zu der Fahrt!"

„Mach daß du 'rauskommst, oder ich schmeiße dich hinaus!"

„Ich gehe ganz von alleine!" Im Hinausgehen wandte sich Rudolf an Karl: „Ich werde am Sonntag wahrscheinlich die hübsche Marion treffen. Soll ich sie grüßen?"

Eine feine Röte stieg in das Gesicht des Primaners. Die blonde Marion war seine Schwärmerei. Karl hatte bisher nicht geahnt, daß der jüngste Bruder etwas von seiner heimlichen Liebe wußte.

„Ich werde sie von dir grüßen. – Wahrscheinlich werde ich mit ihr in eine Konditorei gehen."

„Sie wird sich hüten, mit einem fünfzehnjährigen Bengel loszugehen“, rief Peter, „sie sieht dich noch nicht für voll an. Und nun mach, daß du 'rauskommst, ich habe noch zu arbeiten.“

„Arbeiten – arbeiten“, höhnte Rudolf, „natürlich, du mußt dich ja noch in ein recht gutes Licht setzen. Aber von Autos verstehst du trotzdem nichts!“

Die zurückbleibenden Brüder malten sich die Fahrt nach Berlin in den herrlichsten Farben aus. Schon daß sie mit dem Vater so lange ungestört zusammen sein konnten, galt ihnen als besondere Freude. Wenn der Vater einmal seiner schweren Pflichten enthoben war, konnte er so froh, so lustig sein, daß man glauben mochte, er sei selbst noch ein Student, der gerne einen übermütigen Streich macht. Im Berufe freilich war er ernst und gewissenhaft.

Schön war gewiß die Besichtigung der Ausstellung! Was war das für eine besondere Freude! Karl trug schon seit Jahren den Wunsch, einmal eine solche Ausstellung anzusehen. Schließlich aber saßen Karl und Peter wieder über ihren Schulaufgaben, und der Besuch der Auto-Ausstellung trat in den Hintergrund.

Es war gegen sechs Uhr nachmittags, als Karl seinen Bruder Peter aufforderte, einen Spaziergang mit ihm zu machen, um ungestört über die bevorstehende Reise nach Berlin reden zu können. Sie durchquerten den Garten und wollten durch die kleine Hinterpforte den Feldweg erreichen – da blieb Peter stehen.

„Hörst du was?“

Auch Karl hielt den Schritt an. Dort drüben stand die „Weinlaube“. Sie war zwar dick mit Efeu berankt, trotzdem hatten die Knaben dieses Plätzchen die „Weinlaube“ getauft, weil einmal die Mutter darin gesessen und bittere Tränen vergossen hatte. Damals bangte sie um das Leben ihres Vaters. Ganz heimlich hatten sich die drei Knaben herangeschlichen und die Weinende belauscht. Seit jener Zeit konnten sie diese Laube nicht mehr leiden und mieden sie.

„Potzblitz, dort weint schon wieder jemand“, flüsterte Peter.

Wirklich vernahmen die beiden leises Weinen.

„Du – das ist doch Mabel?“

„Sie weint so oft“, sagte Karl. „Wollen wir sie mitnehmen zum Spazierengehen?“

Die Brüder horchten auf. Da hörten sie Mabels und Regines Stimme:

„Eberhard hat uns immer umarmt, der Onkel tut das gar nicht. Heute hat er Karl und Peter umarmt.“

„Aber Tante Pucki hat uns doch umarmt, Mabel.“

„Ja – aber sie umarmt ihre Kinder öfter.“

„Weine doch nicht so sehr, Mabel. Es ist doch hier alles hübsch.“

„Ich habe oft Sehnsucht nach Eberhard und Mary. Eberhard war immer so lieb zu uns.“

„Onkel Claus ist auch lieb zu uns – –“

„Ja, ja“, rief Mabel leidenschaftlich, „aber er umarmt seine Kinder so oft und uns nicht.“

Regungslos standen Karl und Peter da. Sie erinnerten sich sehr wohl daran, daß der Vater gerade heute, als er ihnen die Freude der Berliner Reise mitteilte, seine Arme um die Schultern seiner Söhne gelegt hatte. Das hatte Mabel gesehen, und sie litt schwer darunter. Wie weh mußte es noch in diesem Kinderherzen sein, daß eine einzige Handlung solche bitteren Tränen hervorpressen konnte. War der Vater nicht immer liebevoll und zärtlich zu den beiden Mädchen? Spielte er nicht sogar mit ihnen, sobald er irgendwie freie Zeit hatte? Hatte er sich nicht am vorigen Sonntag sogar mit den Puppenkindern beschäftigt?

„Jetzt fährt er mit ihnen sogar zur Autoausstellung“, klang wieder Mabels Stimme.

„Weil die beiden Jungens groß sind.“

„Ach, es ist schrecklich!“ Dann wieder wildes Weinen, das besonders Karl tief ins Herz schnitt. Er erinnerte sich des Verses, den ihm der Vater vor wenigen Tagen gesagt hatte. Aber wie sollte er hier helfen? Ein Lächeln könne Schmerzen lindern, ein Wort die Sorgen fortnehmen? – Was sollte er in diesem Augenblick tun, um die Tränen Mabels zu trocknen? Ein freundliches Wort würde hier nicht viel nützen.

„Wollen wir lieber mit den Mädchen spielen und nicht spazierengehen“, flüsterte Peter. „Mache du wieder die Lehrerin, darüber haben sie doch so sehr gelacht.“

„Wir wollen ein Stück fortgehen, dann wollen wir sie rufen, so, als wenn wir sie suchten. Dann können wir mit ihnen spielen.“

„Ich sage es nachher der Mutti, daß sie mit ihnen sehr lieb sein soll.“

Nach wenigen Augenblicken ertönte lautes Rufen aus Karls Munde: „Mabel! – Regine! – – Wo steckt ihr? Wollen wir nicht zusammen spielen? Ich weiß was Feines!“

Die beiden Mädchen hörten die Stimmen. „Komm“, sagte Regine hastig.

Mabel hatte anfangs wenig Lust, dann aber trocknete sie sich die Augen und folgte der Schwester nach.

Wieder wallte heißes Mitleid in Karl auf, als er das verweinte Gesicht der Base sah. So fragte er in besonders herzlichem Tone, ob sie wieder Schule spielen oder die Puppenstuben herbeiholen wollten.

„Ich kann euch auch eine Geschichte vorlesen, wenn ihr wollt. Ich habe ein feines Märchenbuch.“

„O ja – lies uns etwas vor!“

„Wir gehen dort hinüber auf den Gartenplatz, ich hole rasch das Buch und lese euch was Lustiges vor.“ Schon eilte Karl ins Haus. Er mußte ja erst nach einem Buche suchen. Es war rasch gefunden, und bald saßen die vier beisammen. Peter war es zwar ein wenig langweilig, denn die Märchen aus Tausendundeiner Nacht kannte er längst. Besonders jenes von „Aladin und der Wunderlampe“ war von ihm schon mehr als ein dutzendmal gelesen worden. Aber sein Mitleid hielt ihn zurück. Er hatte sogar den einen Arm zärtlich um Mabel gelegt und zog sie mehr und mehr an sich. Das würde ihr gefallen, dachte er. Sie litt ja darunter, daß man nicht zärtlich genug zu ihr war.

Er ging sogar noch weiter. In leisem Flüstern klang es an Mabels Ohr: „Du bist ein reizendes Mädel, ich mag dich sehr gerne! Ich finde, du bist hübscher als alle anderen Mädchen, die ich kenne."

Da machte sich Mabel unwillig frei. „Ich will zuhören – sei still!"

Ziemlich heftig ließ er sie los. Als er dann aber ihr verweintes Gesicht sah, legte er aufs neue seine Hand um ihre Schulter.

Am Abend desselben Tages forderte Peter den älteren Bruder auf, mit ihm ein Stück zu gehen.

„Ich habe etwas mit dir zu besprechen, Karl, ich grüble beständig nach, wie ich es anfangen soll."

Als die Brüder dann unterwegs waren, begann Peter erneut: „Es muß anders werden! Hast du gesehen, wie Mabel jede Bewegung des Vaters und der Mutter genau verfolgt? Als mir der Vater heute nach dem Abendessen die Hand auf die Schulter legte, hat sie wieder ganz große Augen bekommen. – Weißt du, Karl, sie denkt, sie ist hier ein Stiefkind. Karl, das muß anders werden!"

„Wie meinst du das?"

„Es wird wohl schlecht gehen, daß wir dem Vater sagen, er soll die beiden Mädchen bevorzugen. Wir sind doch nun einmal seine rechten Kinder und ihm fest ans Herz gewachsen. – Wenn die Mädchen aber doch weinen –"

„Der Vater ist doch sehr lieb zu den beiden. – Freilich, vielleicht fühlen sie selber innerlich, daß es etwas anderes ist."

„Das meine ich auch, Karl, so wird es sein. – Weißt du, mir tun die beiden Mädchen sehr leid."

„Mir auch. – Darum habe ich mir vorgenommen, daß ich mehr denn je auf ihre Wünsche eingehen will."

„Damit ist es nicht gemacht, Karl. Ihnen fehlt die Liebe des Vaters und der Mutter."

„Die haben sie doch!"

„Nein, nicht so, wie sie es haben möchten. – Weißt du, wir müssen etwas anstellen, damit uns der Vater einmal vor den beiden Mädchen auszankt. Das würde ihnen wohltun."

„Aber Peter, das ist doch ein ganz unmöglicher Gedanke. Da mache ich nicht mit!"

„Doch, Karlemann! – Sieh mal, wenn uns der Vater einmal schelten würde und dann zu den Mädchen ginge und ihnen sagte, daß sie lieber und artiger wären als wir, da würde sich Mabels Herz voll Freude füllen."

„Nein, Peter, das ist Unsinn!"

„Es muß aber etwas geschehen!"

„Ich werde lieber einmal mit Mutti reden und ihr sagen, was wir heute gehört haben. Sie wird schon wissen, wie sie alles einrichtet."

„Ich finde meinen Plan besser! Ich glaube, Mabel würde sehr vergnügt werden, wenn wir mal tüchtig gerüffelt und sie dagegen gelobt würde. Ich denke mir etwas aus; es braucht ja nichts Schlimmes zu sein."

Vergeblich versuchte Karl, dem Bruder solche Gedanken auszureden. Peter blieb dabei, daß er ausgescholten werden müsse, um in den Waisen das Gefühl zu erwecken, daß sie den Eltern gleich lieb wären. Karl dagegen suchte sehr bald die Mutter auf. Er erzählte ihr von der weinenden Mabel.

Pucki war sehr niedergedrückt. Sie hatte geglaubt, daß die beiden Mädchen die Liebe der Eltern nicht so stark vermissen würden, weil Eberhard und Mary ja niemals verschwenderisch mit Zärtlichkeiten gewesen waren. Sie schien sich getäuscht zu haben. Hatte sie den Kindern zu wenig an Liebe gegeben? Bevorzugte sie ihre eigenen Kinder? O nein!

Sie war stets eine gerechte Mutter, sie war sogar nachsichtiger gegen Mabel und Regine als gegen ihre drei Jungen.

„Was machen wir nur, Mutti?" fragte Karl. „Sieh mal, wir haben am Sonnabend die große Freude der Automobilausstellung. Da werden die beiden Mädchen sehr traurig sein. Aber – Mutti – es hat doch keinen Zweck, daß die beiden Kinder zur Ausstellung fahren. Was soll der Vater mit den beiden Mädels?"

„Hab keine Sorge, Karl, ihr beiden fahrt mit dem Vater nach Berlin, und ich will zusehen, daß ich den Zurückbleibenden auch einen Freudentag bereiten kann."

„Wenn sie aber meint, daß sie zu wenig Liebe bekommt! Wenn sie sich zurückgesetzt fühlt? – Mutti, es gibt da ein Gedicht, an das muß ich immerfort denken. ›Es kostet dich wenig zu geben: Wort, Lächeln und helfende Hand.‹ – Es ist ja auch nicht schwer, lieb und nett zu sein, wenn ein anderer traurig ist. – Mutti, soll ich dem Vater sagen, daß er die beiden Mädchen statt meiner mitnehmen soll?"

„Nein, Karl, das kommt gar nicht in Frage! Es ist aber sehr nett von dir, daß du sogar auf dieses große Vergnügen verzichten willst, um Mabel und Regine eine Freude zu bereiten."

„Was machen wir nur, Mutti?"

„Sei weiter nett zu den Kindern, denn hier kann nur die Zeit helfen."

Mit erleichtertem Herzen verließ Karl die Mutter. Gewiß, wenn es durchaus nicht anders gegangen wäre, hätte er auch auf die Fahrt nach Berlin verzichtet, aber sehr schwer wäre es ihm geworden. – Nun bestand diese Gefahr nicht mehr, er durfte sich wieder auf den Sonnabend freuen.

Am nächsten Morgen, auf dem Schulwege, erzählte Peter seinem Bruder Rudolf von dem Leid der beiden Mädchen. Da er immer ein einfallsreicher Junge gewesen war, schilderte er Mabels Weh so ergreifend, daß der hitzige aber äußerst weichherzige Rudolf Mühe hatte, seine innere Bewegung zu unterdrücken.

„Da haben die beiden nun keinen Vater mehr, der sie liebhat, keine richtige Mutter, wie wir sie haben. Und wenn auch unsere Mutter ihnen viel Liebe schenkt, es ist doch etwas anderes, Rudolf, das fühlt man. Darum muß etwas geschehen, um die Kinder wieder froh zu machen."

„Ja, ja, es muß etwas geschehen", sagte Rudolf, „du hast recht! Wir haben unsere Eltern. – Du fährst sogar nach Berlin und die armen Mädchen nicht. – Wenn ich du wäre, ließe ich Regine oder Mabel fahren."

„Nee", rief Peter lebhaft, „das ist nicht nötig! Aber man könnte ihnen auf andere Weise etwas Liebes antun. Ich will gern einmal ausgescholten werden, wenn sich Mabel dadurch einbildet, daß sie unseren Eltern genau so lieb ist, wie wir es ihnen sind."

„Ich werde einen Streich ausdenken, Peter. Es wird nicht schwer sein. Sie sollen nicht wieder weinen."

Auf dem Heimweg aus der Schule flüsterten die beiden Brüder miteinander, wobei Peter immer wieder zustimmend nickte.

„Ja – so geht es! – Das ist ein Spaß, weiter nichts!"

Am selben Nachmittag schlichen die beiden Knaben fort. Kurz vor dem Marktplatz trennten sie sich. Peter ging allein weiter. Er suchte ein Auto und gab dem Chauffeur den Auftrag, ihn nach Holzau zu fahren. Der Chauffeur fuhr ab, aber schon an der ersten Querstraße pochte Peter an die Scheibe. „Halten Sie mal an, dort steht mein Bruder, dem habe ich etwas zu bestellen."

Die Tür des Wagens wurde geöffnet und kurz darauf wieder zugeknallt. Rudolfs Stimme ertönte: „So, nun können Sie weiter nach Holzau fahren, aber ziemlich rasch. Mein Bruder hat Eile!"

An der Straßenecke standen lachend Peter und Rudolf. Peter war rasch aus dem Wagen gestiegen und ließ den ahnungslosen Chauffeur allein nach Holzau fahren.

„Was Schlimmes ist das nicht", sagte Peter, „ein kleiner Streich, der mir höchstens einen Verweis einträgt. Diesen Verweis will ich vor den beiden

Mädchen ruhig hinnehmen, damit sie sehen, daß wir auch ausgezankt werden. Dann freuen sie sich."

Die Brüder kehrten befriedigt heim, denn sie hatten den festen Glauben, daß sie heute etwas Gutes vollbracht hätten.

„Ich weiß noch was", flüsterte Rudolf dem Bruder zu. „Dort im Garten sitzen die beiden Mädchen und machen schon wieder traurige Gesichter. Wir wollen sie aufheitern."

Aber weder Mabel noch Regine schienen in der Stimmung zu sein, auf die Späße der Vettern einzugehen. Das schnitt Peter wieder ins Herz.

„Wißt ihr was?" sagte er. „Wir schmeißen jetzt mit kleinen Steinen nach den Fenstern der Klinik."

„Du bist ja verrückt", rief Rudolf.

Peter trat ihm auf den Fuß und versetzte ihm heimlich einen Rippenstoß. „Ich will doch nur", flüsterte er, „daß die Mädchen nein sagen. – Ich werde mich schwer hüten, Steine zu werfen. So dämlich bin ich nicht!"

„Nein, Sterne werfen wir nicht", sagte Mabel, „in der Klinik liegen Kranke, sie würden noch kränker werden."

Stürmisch umarmte Peter die Base. Eine solche Antwort hatte er ja nur gewollt. Er war so besessen von dem Gedanken, die Verwaisten aufzuheitern, daß er noch weitere Torheiten vorschlug, bevor sie endlich zu einer gemeinsamen Beschäftigung kamen. – –

Pucki blickte Rudolf erstaunt an, als er sie aufsuchte und ihr mitteilte, daß Peter die Absicht gehabt hätte, Steine in die Fenster der Klinik zu werfen. Einmal glaubte sie so etwas nicht, zum anderen war es ihr gänzlich neu, daß ein Bruder den anderen verklatschte.

„Hast du dir auch überlegt, Rudolf, was du mir soeben sagtest?" fragte sie streng.

„Ja, Mutti, er wollte die Fenster einschmeißen. Da sagte Mabel: ›Das tut man nicht, weil Kranke in dem Hause liegen.‹ Mabel hat sehr vernünftig und klug geredet."

„Und nun kommst du zu mir und erzählst mir das alles?"

„Ja, Mutti. – Dann hat der Peter die Tür von Vaters Sprechzimmer mit Stricken zubinden wollen."

„Ihr habt euch wohl sehr gezankt?"

„Ich wollte es dir nur sagen, Mutti", rief Rudolf. Dann lief er davon, denn der vorwurfsvolle Blick der Mutter war schlecht zu ertragen.

„Du, Peter, ich habe dich verpetzt", rief er dem Bruder strahlend zu, „jetzt bekommen wir beide beim Abendbrot eine Abreibung!"

„Wir müssen es so einrichten, daß wir die Eltern vorher nicht sehen, denn ihr Tadel muß vor Mabel und Regine erfolgen. – Na, die werden sich freuen, wenn wir 'runtergemacht werden."

„Und dann?"

Peter kraute den Kopf. „Dann müssen wir die Sache wieder ins richtige Geleise bringen, denn ich habe gar keine Lust, vor den Eltern als ein gemeiner Kerl zu gelten. Aber erst muß Mabel gelobt werden."

Währenddessen stand der Chauffeur vor Doktor Gregor und berichtete erzürnt, was ihm heute widerfahren sei.

„Angeführt hat mich Ihr Bengel! Den halben Weg nach Holzau bin ich gefahren, ehe ich bemerkte, daß mein Wagen leer war. Das macht vier Mark und achtzig Pfennige, Herr Doktor. Das Geld muß ich haben."

Doktor Gregor ließ sich eingehend berichten, dann zahlte er die genannte Summe, gab dem Chauffeur aber die Versicherung, daß sein Junge einen derartigen Streich nicht wieder machen werde.

„Nun ja", meinte der Chauffeur besänftigt, „Jungen in dem Alter machen gerne dumme Streiche. Mich hat es aber vier Mark und achtzig Pfennige gekostet."

Claus nahm sich vor, seine beiden Söhne gehörig zu tadeln, außerdem würde er Peter die verauslagte Summe in zwei Monatsraten vom Taschengelde abziehen.

Bis zum Abendessen verbargen sich die Missetäter, dann fanden sie sich, äußerlich völlig ruhig, innerlich aber etwas bedrückt, am Abendtisch ein. Ein Blick in das Gesicht der Eltern genügte, um zu wissen, daß das Strafgericht nicht fern sei.

Aber beim Abendbrot entlud sich das Gewitter nicht. Erst als man damit fertig war, sagte die Mutter:

„Ich habe mit euch zu reden, Peter und Rudolf."

„Ich auch", fügte der Vater trocken hinzu.

Mabel und Regine, die das Zimmer verlassen wollten, wurden von Rudolf festgehalten.

„Ich weiß schon, Mutti", sagte er hastig, „du willst den Peter auszanken, weil er die Fenster einwerfen wollte. – Denke mal, Vater, ohne Mabel wären jetzt die Fenster der Klinik kaputt!"

„Ich möchte das von dir hören, Peter", sagte Pucki.

„Ach – ich hab' mir nicht viel dabei gedacht. – – Ich wollte ja nur mit kleinen Steinen werfen. Aber Mabel hat mich daran gehindert, und auch Regine meinte – – Na, da habe ich es gelassen, denn die Mädchen waren nicht für diesen dummen Streich."

„Fenster einwerfen", sagte der Vater erstaunt, „oder auch nur mit Steinen gegen die Fenster werfen? Was soll denn das, Peter?"

„Es war nur so ein dummer Gedanke von mir, Vater, aber Mabel hat mich daran gehindert."

„Schämst du dich gar nicht? Und dir soll ich am Sonntag eine Freude machen?"

„Ätsch –" flüsterte Rudolf, „es wird doch nichts aus der Autofahrt!"

„Ich lerne dich heute von einer neuen Seite kennen, Peter. Es will mir gar nicht in den Sinn, daß du derartige dumme Gedanken haben kannst. Willst du mir vielleicht erklären, was dich zu solch einem Unsinn veranlaßt hat?"

Da wußte Peter nichts zu sagen. Ihm war jetzt wirklich nicht mehr ganz behaglich. Er erkannte, daß der ganze Plan, den er sich mit dem Bruder so schön zurechtgelegt hatte, geradezu verrückt zu nennen war. Er verdarb sich damit die große Freude der Berliner Reise und setzte sich obendrein in den Augen der Eltern in ein falsches Licht. Jämmerlich wurde ihm zumute.

„Ich verlange eine Antwort", zürnte der Vater.

„Mabel hat mich ja daran gehindert", stieß er erregt hervor.

„Schämt ihr euch nicht vor den kleinen Mädchen? Müssen euch jüngere Kinder belehren? – Das hast du sehr brav gemacht, Mabel, du bist ein sehr liebes Mädchen." Als Doktor Gregor Mabel, die mit großen Augen neben ihm stand, dabei zärtlich an sich zog, stieß Rudolf einen Freudenschrei aus.

„Was soll das?" wandte sich der Vater ihm zu. „Jetzt kommst du an die Reihe. Was habt ihr heute nachmittag angestellt?"

Da kam auch die Schandtat der vorgetäuschten Fahrt nach Holzau ans Tageslicht.

„Marsch hinaus!" gebot der Vater. „Heute will ich euch nicht mehr sehen, und die vier Mark achtzig Pfennige bezahlst du, Peter. Ich werde sie dir von deinem Taschengeld abziehen. Wenn mir noch einmal derartige Lümmeleien zu Ohren kommen, werdet ihr euren Vater von einer neuen Seite kennenlernen."

Die beiden Brüder wagten nichts zu erwidern. Wohl war ihr Ziel erreicht, aber glücklich fühlten sie sich nicht dabei. Die Worte des Vaters bedrückten sie schwer.

„Wir haben es doch gut gemeint", sagte Rudolf draußen zu seinem Bruder. „Es war doch eine gute Absicht, die wir hatten."

„Aber dumm angefangen“, antwortete Peter.

„Wenn ich nur wüßte, ob die Mädchen noch mehr gelobt werden. Aber horchen mag ich nicht. Ich habe gerade genug auf dem Buckel!“

Wenn sie beide gelauscht hätten, wären sie sehr zufrieden gewesen. Mabel und Regine bekamen viele liebe Worte von Doktor Gregor und Pucki zu hören. Besonders Pucki, die von Karl erfahren hatte, wie sehr die beiden Mädchen noch immer unter dem Verlust der Eltern litten, ließ all ihre Zärtlichkeit über die Kinder hinströmen.

Aber auch Doktor Gregor zog die Kinder an sich. Durch eine leise Andeutung seiner Frau war auch ihm klar geworden, daß die Kinder nach Vaterliebe hungerten.

„Ich möchte ja auch einmal eure Wuschelköpfe an mich drücken“, sagte er liebevoll. „Aber ihr habt immer so schöne Locken, da fürchte ich, sie in Unordnung zu bringen. Bei meinen Jungen macht es nichts, wenn ich sie zause – –“

„Bei mir auch nicht“, sagte Mabel gespannt.

„Na – darf ich? Soll ich dich mal tüchtig zausen?“

„Ach ja“, klang es mit bebender Stimme.

Da fuhr Claus den Kindern in die Haare, drückte die Wuschelköpfe fest an sich, ließ sie wieder los, lachte die Mädchen an und sagte fröhlich: „Nun weiß ich, daß ihr nicht aus Zucker seid. Jetzt kann ich euch auch mal beim Schopf nehmen. So gefällt es mir! Muß ja auch so sein! Ob Junge oder Mädel, ihr seid doch alle meine lieben fünf Kinder! Und heute habt ihr euch sogar großartig benommen. Das hat mich sehr gefreut.“

In Mabels und Regines Augen trat ein wundersamer Glanz. Die aufrichtige Zärtlichkeit des Onkels und seine lieben Worte taten den beiden unsagbar wohl. Und als er noch immer seine Arme um ihre Schultern liegen ließ, als sich beide Mädchen erneut an ihn schmiegen durften, war es ihnen, als fiele eine schwere Last von ihnen ab.

„Deine – – fünf – – Kinder –“ flüsterte Mabel.

„Freilich, meine fünf Kinder! Soviel Finger an meiner Hand, soviel Kinder habe ich, und ihr seid der Goldfinger und der kleine Finger!“

Stürmisch griff Mabel nach der gespreizten Hand des Onkels und drückte einen Kuß darauf.

„Fünf Kinder“, wiederholte sie und begann wieder zu weinen.

„Meine fünf lieben, lieben Kinder“, wiederholte Doktor Gregor, nahm Mabel auf die Knie und trocknete ihr die nassen Augen.

Claus und Pucki brachten die beiden Mädchen zu Bett. Es waren aber keine traurigen Kinder, die heute einschliefen, sondern sie waren unendlich froh. Und als Doktor Gregor versicherte, daß er die Wuschelköpfe von nun an öfter einmal zausen werde, da lachten ihn vier Kinderaugen strahlend an.

Währenddessen war Karl zu seinen Brüdern gegangen. „Was ist denn los?“ fragte er. „Seid ihr beide irrsinnig geworden?“

Da wurde dem Bruder gebeichtet. „Du hast nicht mitmachen wollen“, meinte Peter, „so haben wir beide es gewagt. – Fenster einschmeißen? Quatsch! Niemals habe ich daran gedacht.“

Als sie dann dem Bruder Karl alles eingehend erzählt hatten, brach dieser in lautes Lachen aus.

„Solch dumme Gedanken! Aber gut gemeint habt ihr es, das sehe ich ein! Ich meine nur, ihr hättet das einfacher haben können. Pfui Teufel, es muß dir doch mächtig in die Nase gestochen haben, als dich der Vater zur Tür hinausschmiß!“

„Er hat eben still geduldet“, rief Rudolf. „Peter ist in meinen Augen ein Ehrenmann!“

„Ja, ein anständiger Kerl ist er ohne Zweifel“, bestätigte Karl. „Was wollt ihr nun machen?“

„Die Suppe auslöffeln, die wir uns eingebrockt haben“, sagte Rudolf geknickt.

„Nee“, brauste Peter auf, „jetzt kannst du auch was für uns tun, Karl. Bis jetzt stehst du da wie ein Engel, und wir sind die schlimmen Kerle. Wahrscheinlich wirst du nun mit dem Vater allein zur Autoausstellung fahren! – Aber das sage ich dir, wenn du es nicht fertigbringst, daß ich mitfahre, dann – – dann sollst du mich von einer anderen Seite kennenlernen!“

Wieder lachte Karl. „Ich denke, die Eltern werden bald wieder die alte gute Meinung von euch haben. Nur in einem habt ihr verspielt. Für so dumm, wie ihr euch heute betragen habt, haben sie euch bisher nicht gehalten. Du willst ein Sekundaner sein!“

„Denke nur an deine Marion! Mit der hast du dich auch dumm benommen.“

„Wenn du nicht vernünftig mit mir reden kannst“, sagte Karl ein wenig verletzt, „lege ich bei den Eltern kein gutes Wort für euch ein.“

„Mach keinen Klamauk“, rief Rudolf, „geh lieber 'rüber und sage, wie sich alles verhalten hat, damit wir hier nicht wie die geprügelten Hunde sitzen müssen. Nun zeige, daß du ein Mann bist, Karl!“

Und Karl ging. Er fand die Eltern im Wohnzimmer. Anscheinend hatten sie das eigenartige Betragen der beiden Brüder gerade noch einmal besprochen.

„Wundert euch jetzt einmal über nichts“, begann Karl, „ich will euch erzählen, was heute mit Peter und Rudolf los war.“

Dann begann er zu berichten: Von der weinenden Mabel, von seiner ersten Aussprache mit Peter, von dessen Plan, etwas Dummes anzustellen. Er sprach davon, daß auch Rudolf eingeschaltet worden war und wie die Brüder, beseelt von dem Gedanken, den Basen etwas Liebes zu erweisen, den törichten Plan ausgeführt hätten.

„So ist es gewesen, Vater“, schloß Karl seinen Bericht. „Nun sitzen sie drüben und grämen sich. – Darf ich sie holen?“

Kopfschüttelnd hatte der Vater dem Bericht gelauscht. Ihm war jetzt erheblich leichter ums Herz. Auch aus der Mutter Antlitz war der kummervolle Zug gewichen; ihre Augen lachten wieder wie immer.

„Pucki, was sollen wir nun machen?“ fragte Claus.

„Beiden die dummen, aber so lieben Gedanken vergeben.“

„Dann rufe sie, Karl.“

Er eilte aus dem Zimmer und brachte die Missetäter. Ein wenig scheu blickten sie den Vater an, fühlten sich aber beruhigter, als sich ihre Blicke mit denen der Mutter kreuzten. In Puckis blauen Augen lag so viel Liebe, so viel Stolz, daß beide sofort wußten, sie hatten nicht zu schlecht abgeschnitten.

„Karl hat mir alles erzählt“, begann der Vater, „ich bin trotzdem sehr erstaunt über euer Verhalten. Ich hätte nicht geglaubt, daß meine Söhne noch so große Kälber sind und Pläne machen, die jeglicher Überlegung entbehren. Konntet ihr nichts Besseres finden?“

Beide schwiegen. Sie fühlten deutlich, daß der Vater recht hatte, denn sie sahen doch selbst ihre Handlungsweise jetzt in einem anderen Lichte.

„Ihr habt es gut gemeint“, fuhr der Vater fort, „das sei die Entschuldigung. Eure Mutter hat soeben gesagt, es wären dumme aber liebe Gedanken von euch gewesen. In Zukunft nehmt euren Verstand etwas mehr zu Hilfe, sonst nützen euch eure guten Herzen gar nichts. Güte allein ist kein fester Wanderstab.“

„Nimmst du mich trotzdem am Sonnabend mit nach Berlin, Vater?“

„Ja.“

„Na, dann ist ja alles wieder gut!“

Rudolf blieb dabei, daß aus der Autofahrt doch nichts werden würde. Aber der Sonnabend kam heran, und die letzten Reisevorbereitungen waren getroffen.

„Ätsch“, sagte Peter, „wir fahren in einer Stunde!“

Da hieß es plötzlich, daß ein neuer Patient in die Klinik eingeliefert worden sei. Rudolf eilte zu seinem Bruder:

„Ätsch – ihr fahrt nicht!“

Peter war sehr betreten und lief hinüber in die Klinik. Die Nachricht von dem neuen Patienten wurde ihm bestätigt.

„Ich hab's ja gewußt, ich hab's ja gewußt“, schrie Rudolf.

Aber eine halbe Stunde später kam der Vater. „Na, seid ihr fertig? Ich hole den Wagen.“

„Ätsch“, sagte Peter, „wir fahren doch!“

Und als der Vater mit seinen beiden Söhnen abfuhr, hörte der zurückbleibende Rudolf nochmals den Ruf: „Ätsch, nun fahren wir doch!“

Die größte Schuld

Die kurze Berliner Reise war vorüber; Karl und Peter sprachen viel von der Automobilausstellung, in der sie so viel Schönes gesehen hatten. Auch ein neuer Wagen war gekauft worden, eine graue Limousine, die in Kürze geliefert werden sollte.

Rudolf stemmte beide Arme in die Hüften und stellte sich vor seinen Bruder Peter hin. Helle Schadenfreude lag auf seinem Gesicht.

„Ist's ein schwerer Wagen?“

„Na, freilich!“

„Wieviel Liter?“

„Liter? – Das weiß ich nicht.“

„Jawohl, Liter, aber das scheinst du nicht zu verstehen. – Wieviel Zylinder?“

„Sechs Zylinder.“

„Ist wenigstens etwas. – Was braucht er an Betriebsstoff?“

„Danach habe ich nicht gefragt."

„Heckmotor?"

„Woher soll ich das wissen", erwiderte Peter ärgerlich. Er bemerkte sehr wohl das höhnische Funkeln in den Augen des Bruders.

„Wie schaltet man die Gänge? Auch Handschaltung?"

„Laß die dämlichen Fragen!"

„Schade um die Reise! Wenn du doch nichts verstehst und dich um gar nichts gekümmert hast, brauchtest du gar nicht erst zur Automobilausstellung zu fahren. Ich hätte mir das alles genau angesehen." Peter versetzte dem jüngeren Bruder einen kräftigen Puff und ließ ihn stehen.

Es wurde noch viel von der Berliner Reise gesprochen, und wenn auch Peter seinem Bruder Rudolf geflissentlich auswich, so war doch eine schöne Erinnerung in ihm zurückgeblieben. Er beschloß sogar, sich künftig etwas mehr mit dem Bau eines Autos zu befassen, um nicht wieder dem Spott des jüngeren Bruders ausgesetzt zu sein.

Eines Abends, als Doktor Gregor wieder einmal fortgerufen worden war, saß Pucki, nachdem sie die Kinder zu Bett gebracht hatte, bei ihrer Arbeit. Es galt, die Sachen durchzusehen, denn Anna und Hedwig waren nicht imstande, allein die vielen Strümpfe zu stopfen und die abgerissenen Knöpfe anzunähen.

Kaum hatte sie die Nadel eingefädelt, als sie durch langanhaltendes Läuten in der Arbeit unterbrochen wurde. Sie hörte draußen eine ihr unbekannte männliche Stimme und dann Annas Ruf:

„Wo haben Sie das Kind gefunden? Das ist ja schrecklich!"

Schon war Pucki aufgestanden und aus dem Zimmer geeilt. Im Flur stand ein Arbeitsmann, der völlig durchnäßt war. Auf seinen Armen trug er ein Kind, das Pucki sofort als Hella Niepel erkannte, Hella, die jüngste Tochter ihrer Schwester Agnes.

„Wo haben Sie das Kind gefunden?"

„Ich bin heute auf der Schmanz gewesen, bei meinem Freunde Teck. Als ich fortging, begann es bereits zu dunkeln. Ich ging quer durch den Wald; es regnete stark. Da hörte ich plötzlich lautes Weinen. Unter einem Baume hockte dieses kleine Mädchen, völlig durchnäßt und durchfroren."

„Hella, liebe kleine Hella!"

Pucki nahm das erschöpfte Kind auf die Arme und drückte es an sich. Die Kleine weinte leise vor sich hin.

„Ich habe das Kind nicht gekannt", fuhr der Mann fort. „Es sagte mir, es wolle zu Tante Pucki und zum Onkel Doktor. – Na, Tante Pucki kennt ja jeder in Rahnsburg. So habe ich die Kleine auf meine Arme genommen und hierhergebracht. Es wird doch richtig sein?"

„Vielen, vielen Dank, lieber Mann! Es ist das Kind meiner Schwester. Wie wird sie sich sorgen! Ich rufe sofort bei ihr an. Hella bleibt natürlich für die Nacht bei mir. – Aber kommen Sie herein ins Zimmer. Wieviel Dank bin ich Ihnen schuldig!"

„Ich konnte die Kleine doch nicht im Walde sitzen lassen."

Der Holzfäller Wilhelm Rocke wollte anfangs nicht eintreten. Er meinte, er bringe unnötig Schmutz mit herein.

„Ich bin im Arbeitskittel."

„Was macht das! Sie haben mir meine kleine Nichte hergebracht. Dafür schulde ich Ihnen vielen Dank. – Soll ich Ihnen eine Tasse Tee oder einen Grog bringen lassen? Etwas Warmes müssen Sie haben."

„Nein, nein", wehrte der Holzarbeiter ab, „ich freue mich, daß ich gerade den Weg quer durch den Wald einschlug und dabei die Kleine fand."

Plötzlich begann Hella laut zu weinen. Obwohl Pucki tröstend auf sie einsprach, schrie das Kind lauter und immer lauter. Pucki entkleidete das Mädchen, wickelte es in warme Tücher und legte es im Wohnzimmer auf dem Diwan nieder.

„Nun ist alles wieder gut, Hella. Gleich kommt deine Mutti."

„Mutti ist weg –!"

„Nein, sie kommt gleich. Wir rufen sie. Aber vorläufig bleibst du bei Tante Pucki; sie hat dich sehr lieb."

Um das Kind zu trösten, gab ihm Frau Gregor ein Stück Schokolade. Dann wandte sie sich erneut an den Holzfäller. „Es ist wirklich wahr", sagte sie bewegt, „Kinder haben ihren Schutzengel. Heute abend sind Sie der Schutzengel der kleinen Hella gewesen. Was wäre aus ihr geworden, wenn Sie das Kind nicht gefunden hätten."

„Schon gut – schon gut, Frau Doktor."

Immer wieder bedankte sich Pucki bei dem Manne und nahm sich vor, ihm bei nächster Gelegenheit eine Freude zu machen. Dann mußte sie sich wieder um Hella kümmern, die laut weinte. Vor allem mußten auch Niepels benachrichtigt werden. Sie würden in größter Sorge um ihr Kind sein. Pucki griff zum Fernsprecher.

Eines der Hausmädchen kam an den Apparat und meldete: „Frau Niepel ist nicht zu Hause. Sie ist heute nachmittag abgereist."

„Kann ich meinen Schwager sprechen?"

„Herr Niepel ist gestern fortgefahren. Er hat wichtige Besprechungen."

Pucki machte Mitteilung, daß Hella bei ihr sei und fragte nach Hellas Bruder, dem zehnjährigen Magnus. Man sagte ihr, daß er bereits schliefe. Es sei noch nicht aufgefallen, daß Hella nicht daheim wäre. Das Kind habe den ganzen Tag über nach der Mutter verlangt. Nun sei es wahrscheinlich fortgelaufen.

„Wohin ist Frau Niepel gereist?"

Ein verlegenes Stottern erfolgte.

„Bitte, sagen Sie mir die Wahrheit", sagte Pucki angstvoll.

„Ehe Herr Niepel abreiste, gab es Streit. Frau Niepel sagte, sie könne es im Hause nicht mehr aushalten. Vielleicht ist sie zu ihrer Freundin gefahren."

„Wer ist diese Freundin?"

„Frau Wieland in Rotenburg."

„Konnte denn niemand auf die kleine Hella achten? Das ist doch unverantwortlich von Ihnen! Wie ist es möglich, daß sich die Kleine bei solchem Unwetter aus dem Hause entfernte?"

Es kam keine befriedigende Antwort.

„Wann kommt Herr Niepel zurück?"

„In zwei bis drei Tagen."

„Ich werde morgen hinauskommen und auch Magnus zu mir holen, bis meine Schwester oder mein Schwager zurückkehren."

Pucki hängte den Hörer wieder an. Sorgenvoll betrachtete sie das kleine Mädchen, das mit heißem Kopf auf dem Diwan lag. Das Herz war ihr schwer. Sie wußte, daß die Ehe ihrer Schwester Agnes nicht glücklich war. Häufig gab es im Niepelschen Hause Streit. Der Ehemann trug die Schuld nicht, denn von jeher war Agnes ein eigensinniges und selbstsüchtiges Mädchen gewesen. Wie konnte sie aus dem Hause gehen!

„Ich muß mit ihr sprechen", sagte Pucki besorgt. „Ich muß ihr sagen, daß sie im Begriff ist, ein Unrecht zu tun, das sich nie wiedergutmachen läßt. – Zwei Kinder hat sie – wie kann eine Mutter ihre Kinder verlassen!" –

Doktor Gregor war erst spät in der Nacht heimgekommen und von Pucki sogleich ans Bett der kleinen Hella gerufen worden. Das Kind hatte sich anscheinend in dem regennassen Walde stark erkältet. Doktor Gregor meinte, es sei am besten, wenn Pucki morgen vormittag hinaus auf das Niepelsche Gut führe, das dreiviertel Stunden von Rahnsburg entfernt lag. Sie sollte nach Magnus sehen und dem Hausmädchen ins Gewissen reden. Denn wie war es möglich, daß ein dreijähriges Kind am Abend ungesehen fortlaufen konnte!

Pucki hatte sich sogleich am anderen Morgen auf den Weg gemacht, um nach dem Rechten zu sehen. Außerdem wollte sie wissen, ob Magnus die nötige Pflege habe, während die Eltern abwesend waren.

Sorgenvoll dachte Pucki über die Ehe ihrer jüngsten Schwester nach. Wollte Agnes gar nicht zur Vernunft kommen? Was war überhaupt geschehen, daß sie in Abwesenheit ihres Mannes das Haus verließ, ohne an ihre beiden Kinder zu denken? War es nur ein kleiner Streit gewesen, wie er in diesem Hause häufig war? Oder hatte ein größeres Zerwürfnis stattgefunden, das schwere Folgen haben konnte? Dabei war diese Ehe einstmals aus Liebe geschlossen worden, so daß man hätte glauben mögen, daß auch im Niepelschen Hause das Glück bleiben würde.

Daß Agnes nach Rotenburg zu Frau Wieland gefahren war, beunruhigte Pucki besonders. Sie hatte die leichtlebige Frau einmal bei Agnes kennengelernt und wenig Gefallen an ihr gefunden. In ihrer ganzen Lebensauffassung erinnerte Frau Wieland an jene Frau Selenko, die Pucki einst den Kopf verwirrt hatte und die ihr damals allerlei Unannehmlichkeiten schuf. Aber Pucki hatte sich zurückgefunden zu ihrer Pflicht als Hausfrau und Mutter.

Sollte Agnes jetzt vor derselben Eheklippe stehen, die von ihr damals glücklich umschifft worden war? Bestand die Gefahr, daß die zehnjährige Ehe der Schwester auseinanderbrach? Hier mußte sie helfend und vermittelnd einzugreifen suchen. Sie mußte Agnes mit allem Nachdruck erklären, daß sie sich an sich selbst, vor allem aber an ihren Kindern versündige.

Man war auf dem Gute sehr verlegen, als Frau Doktor Gregor plötzlich erschien und von dem Hausmädchen Auskunft verlangte. Klara wußte nicht einmal, wo sich Magnus zur Zeit befand. Sie meinte, der Knabe müsse im Garten sein. Dort könne ihm nichts zustoßen. So suchte Pucki nach dem Knaben und fand ihn traurig in einer Laube sitzen. – Magnus eilte sofort auf die geliebte Tante zu, schmiegte sich an sie und begann kummervoll zu erzählen, daß die Mutti sehr böse fortgefahren sei und er sein Schwesterchen verloren habe.

„Mach dir keine Sorgen um Hella, sie ist bei mir.“

„Ist sie zu dir gekommen?“

„Nein, man hat sie im Walde gefunden. Ein lieber Mann hat sie ins Haus gebracht. Es war nicht recht von ihr, davonzulaufen."

„Ich will auch zu dir, Tante Pucki! Ich will nicht allein hierbleiben!"

„Deine Mutti wird in wenigen Tagen zurückkehren, Magnus, vielleicht schon morgen. Bleibe ruhig hier, Tante Pucki wird dich wieder besuchen. Du mußt mir jedoch versprechen, recht artig zu sein."

„Ich will aber zu dir!"

„Deine Mutti kommt bestimmt bald wieder, Magnus. Du kannst ihr inzwischen Blumen pflücken, füllst eine Vase damit und stellst sie ihr ins Zimmer. Dann freut sie sich, wenn sie heimkommt."

„Ich will zu dir – ich will nicht hierbleiben, sonst laufe ich auch durch den Wald, wenn du mich nicht mitnimmst!"

Da hielt es Pucki für richtig, sogleich zu veranlassen, daß auch Magnus in ihr Haus nach Rahnsburg kam, bis die Mutter oder der Vater von ihrer Reise zurückkehrten. Sie wollte das Hausmädchen nicht befragen, was vorgefallen sei, sie wollte es sich lieber von Agnes selbst erzählen lassen.

„Rufen Sie mich sofort an, wenn Herr oder Frau Niepel zurückkommen", ordnete sie an. „Sagen Sie ihnen, daß ich die beiden Kinder mitgenommen habe und für sie sorgen werde."

Das Hausmädchen erklärte zwar, daß sie gut aufpassen wolle, aber Pucki ließ sich auf nichts ein.

Freudestrahlend packte Magnus einige seiner Spielsachen zusammen. „Tante Pucki, nimmst du mich gleich in deinem Wagen mit?"

„Ja, mein Junge!"

„Dann möchte ich, daß die Mutti noch lange fortbleibt. Ich bin so gerne bei dir!"

Als Rahnsburg in Sicht kam, erzählte Magnus von dem vielen Streit, den es in letzter Zeit zwischen den Eltern gegeben hätte.

„Die Mutti war immerzu böse. Dann hat sie uns gehauen, und zum Vati hat sie schließlich gar nicht mehr gesprochen.“

Diese Äußerungen schnitten Pucki tief ins Herz. War es nicht unverantwortlich, vor Kindern so zu handeln und sie dadurch in Angst und Schrecken zu versetzen? Wie konnten Eltern so gewissenlos sein, vor Kinderohren ihre Zänkereien laut werden zu lassen! Sie mußte Agnes ernsthaft ins Gewissen reden, damit sie wieder zur Vernunft kam.

Waltraut war doch auch in ihrer Ehe glücklich. Aber Waltraut war erheblich sanfter veranlagt als Agnes, die noch immer nicht erkannt zu haben schien, daß sie in der Ehe ihre eigenen Wünsche sehr oft zurückstellen müsse, weil das Glück oft nur durch Opfer errungen werden kann. War Agnes so töricht, zu glauben, die Ehe bestünde nur aus glücklichen Wochen, aus zärtlichen Worten, die zwischen Liebenden gewechselt wurden? Pucki kannte Walter Niepel seit frühester Kinderzeit. Sie hatte oft mit ihm und seinen beiden Brüdern gespielt, und sie wußte daher genau, daß gerade Walter der gutherzigste von allen war. Er würde Agnes gewiß nicht schlecht behandeln; er litt wahrscheinlich schwer unter ihrem launenhaften Wesen. So öffnete sich eine Kluft zwischen den Eheleuten, die sich schließlich nicht mehr überbrücken ließ, wenn nicht rechtzeitig mit Güte eingegriffen wurde.

„Bei dir bin ich gerne, Tante Pucki, bei dir lache ich so viel“, unterbrach Magnus ihre quälenden Gedanken. „Ich bleibe immer bei dir. Du schimpfst nicht immerzu und schlägst mich auch nicht.“

Wenn Agnes diese Worte hören könnte, müßte sie dann nicht zur Vernunft kommen? Pucki nahm sich fest vor, der Schwester alles zu wiederholen, was Magnus ihr heute mitgeteilt hatte. Sie mußte dadurch erkennen, wie sehr sie sich die Herzen ihrer Kinder entfremdet hatte.

Im Doktorhause wurde Magnus mit lautem Freudengeschrei empfangen. Aus seinem Gesicht wich sogleich alle Traurigkeit; vergessen war das Schelten der Mutter. Bei Tante Pucki konnte er fröhlich sein.

„Wo ist denn Hella?“ fragte er.

„Sie hat sich erkältet und liegt zu Bett. Ich hoffe jedoch, daß sie in wenigen Tagen wieder mit euch spielen kann."

„Du, Tante Pucki", forschte Magnus ein wenig ängstlich, „Oskar hat mir gesagt, seine Eltern kommen bald zurück. Dann geht er wieder fort von hier, und ich müßte auch bald wieder fort. Wenn der Oskar fort ist, kannst du mich doch für immer bei dir behalten."

Wie schwer wurde Puckis Herz bei diesen Worten! Wenn Agnes nur bald wieder zurückkehrte! Oder sollte sie nach Fliskow zu ihren Eltern fahren? Förster Sandler und seine Frau hatten sich seit der Pensionierung in dem Dorfe bei Rahnsburg niedergelassen. Sie lebten dort still und zurückgezogen. Die gute Mutter war stets bemüht gewesen, ihre drei Töchter zu wertvollen Menschen zu erziehen. Vielleicht konnte Frau Sandler ihrer Tochter Agnes ernsthaft ins Gewissen reden. Freilich, Pucki wußte, daß sie den alten Eltern das Herz schwer machen würde, wenn sie von Agnes' Verfehlung sprach. Aber hier stand mehr auf dem Spiele, hier mußte alles versucht werden, damit Agnes den falschen Weg, den sie eingeschlagen hatte, bald wieder verließ.

Wenn sie das Auto benutzte, konnte sie in einer guten Viertelstunde in Fliskow sein. Die Kinder waren in guter Hut, denn Hedwig Teck und Schwester Maria kümmerten sich viel um sie. So konnte Pucki ohne Bedenken für einige Stunden fern sein. Sie wollte nichts hinausschieben. So fuhr sie gleich nach dem Mittagessen hinaus nach Fliskow. Sie nahm keines der Kinder mit, denn die Unterredung, die sie heute mit den Eltern zu führen hatte, brauchte keine Zeugen zu haben.

Förster Sandler war trotz seiner siebzig Jahre noch immer ein rüstiger Mann, der alltäglich weite Spaziergänge unternahm. Auch Puckis Mutter konnte ihrem kleinen Haushalt noch voll und ganz vorstehen. Sehr oft weilten beide im Doktorhause; nur in der letzten Zeit waren sie ferngeblieben, da sie wußten, daß Pucki überreich zu tun hatte und jeder Besuch nur noch mehr Arbeit brachte. Außerdem war ihnen der Lärm so vieler Kinder doch etwas lästig. So zogen sie es vor, in ihrem stillen Hause in Fliskow zu bleiben.

Sorgenvoll erstattete Pucki ihren Eltern Bericht. Frau Sandler war tief betrübt über ihre jüngste Tochter, die es mit ihren Mutterpflichten niemals genau genommen hatte. Pucki erfuhr erst bei dieser Gelegenheit, daß Frau Sandler Agnes schon mehrfach ernsthafte Vorstellungen gemacht hatte, die leider bisher erfolglos geblieben waren.

„So geht es nicht weiter“, klagte die Mutter, „eines Tages ist es zu spät, und dann kommt für Agnes die Reue. – Was sollen wir tun?“

Frau Sandler versprach Pucki, sofort nach der Rückkehr von Agnes ins Gutshaus zu fahren, um nochmals ein ernstes Wort mit der Tochter zu reden.

„Auch ich will mit Agnes sprechen“, sagte Pucki, „ich werde sie daran erinnern, daß auch ich einmal vor dieser gefährlichen Eheklippe stand, die mir beinahe mein Lebensglück zerbrochen hätte. Alles nur durch eigene Schuld!“

Am Abend fieberte Hella stark. Doktor Gregor hielt es für angebracht, das Kind hinüber in die Klinik zu nehmen, da es seiner Frau an genügender Zeit mangelte, um die Kranke dauernd zu betreuen. Zuerst weinte Hella, als sich aber eine der Krankenschwestern ihrer mit größter Herzlichkeit annahm, ließ sie sich hinüberbringen, zumal in dem Zimmer, in das sie gelegt wurde, noch ein anderes kleines Mädchen lag, das Hella sogleich freudig begrüßte.

Vom Niepelschen Gut kam noch immer kein Anruf. Erst nach vier Tagen stellte sich Walter Niepel plötzlich im Doktorhause ein. Von Pucki vernahm er, wo und wie man Hella gefunden hatte, und daß die Kleine noch immer in hohem Fieber läge, ja man sogar mit einer Lungenentzündung rechnen müsse.

Walter war sehr niedergeschlagen. Nur allmählich erfuhr Pucki Näheres über seine Ehe. Er hatte bisher verschwiegen, daß Agnes ihre Pflichten als Hausfrau und Mutter vernachlässigte, jetzt aber berichtete er, daß sie dauernd unterwegs wäre und gänzlich unter dem Einfluß ihrer Freundin in Rotenburg stände, von der Agnes nichts Gutes lernen könnte. Mehrfach war von ihm der Versuch gemacht worden, eine Aussöhnung anzustreben, doch wollte Agnes nicht zur Vernunft kommen.

„Laß mir Magnus noch ein Weilchen hier“, bat Pucki, „ich weiß, du hast viel zu tun, du kannst dich auch nur wenig mit dem Knaben beschäftigen. Unter diesen Umständen hast du auch andere Dinge zu bedenken! Ich habe schon zweimal an Agnes geschrieben und sie gebeten, für einige Stunden zu mir zu kommen, da Hella krank sei. Nun will ich noch einen dritten dringlichen Brief an sie richten, da Claus meinte, daß wir mit einer Lungenentzündung zu rechnen hätten.“

„Ach, Pucki, wenn es dir nicht gelingt, Agnes zur Vernunft zu bringen, dann sehe ich ein Ende mit Schrecken kommen.“

Wieder ging ein Brief an Agnes ab, der ihr die schwere Erkrankung der kleinen Hella meldete.

Am Nachmittag des nächsten Tages stellte sich Agnes endlich ein.

„Ich komme erst heute“, sagte sie, „weil ich nicht recht an die Krankheit Hellas glaubte. Ich kann mir denken, daß ihr mich durchaus zurückholen wolltet. Da nimmt man gern zu einer Unwahrheit seine Zuflucht. Ist Hella wirklich erkrankt?“

„Ehe ich weiter mit dir rede, Agnes, will ich dich zu deinem Kinde führen. Claus wird dir sagen, was Hella fehlt.“

Agnes war aufrichtig bestürzt, als sie ihr krankes Kind sah.

„Das habe ich wirklich nicht gedacht, Pucki, ich wäre sonst eher gekommen! – Wie kam es nur? Hella ist doch sonst immer gesund gewesen?“

„Die kleine Hella lief abends bei strömendem Regen fort in den Wald! Das Kind hatte Sehnsucht nach einem lieben Wort. Da aber seine Mutter nicht im Hause war, suchte es den Weg zu – Tante Pucki.“

„Ich fühle den Vorwurf in deinen Worten“, sagte Agnes beschämt.

„Nein, Agnes, ich bin nur furchtbar traurig. – Ich kann es nicht fassen, daß eine Mutter von ihren Kindern geht.“

„Du bist glücklich in deiner Ehe – ich bin es nicht!“

„Du hast Kinder, zwei liebe Kinder! – In meinen Augen ist es die größte Schuld, die eine Mutter auf sich laden kann, wenn sie ihre Kinder verläßt.“

Agnes schwieg. Sie nahm die Hände des fiebernden Kindes in die ihren und sagte zärtlich: „Na, kleine Maus, nun mach, daß du bald wieder gesund wirst. Die Mutti kommt täglich zu dir und holt dich später wieder nach Hause.“

Claus hielt es gleichfalls für richtig, wenige, aber sehr ernste Worte mit seiner Schwägerin zu sprechen. Er gab ihr die Schuld an der Erkrankung der kleinen Hella, die die Abwesenheit der Mutter benutzt hatte, um aus dem Hause zu laufen.

Agnes warf den Kopf in den Nacken, schob ihren Arm in den der Schwester und sagte kühl: „Komm, wir wollen hinaus in den Garten gehen. Ich weiß, Ärzte haben es nicht gern, wenn man im Krankenzimmer weilt.“

Arm in Arm ging Pucki mit der Schwester im Garten umher. Sie hatte viel auf dem Herzen, und es mußte heruntergesprochen werden. Doch es war nicht leicht, mit Agnes umzugehen; sehr vorsichtig mußten die Worte gewählt werden, um nicht erneut den Trotz der Schwester herauszufordern. So erzählte Pucki zunächst von ihrer eigenen Ehe, von jener Zeit, da sie wöchentlich zweimal hinüber nach Holzau gefahren war, um Malstunden zu nehmen, weil sie glaubte, in der Ehe nicht genügend Befriedigung zu finden.

„Nun also“, unterbrach sie Agnes, „und dabei wohnst du noch in einer Stadt und kannst täglich deine Bekannten besuchen. Ich aber sitze auf dem Lande, in einem einsam gelegenen Gutshause, und sterbe vor Langeweile.“

„Du hast doch zwei Kinder, Agnes!“

„Du hattest damals auch schon ein Kind und nahmst doch Malstunden.“

„Ja, liebe Agnes, ich schäme mich heute noch, wenn ich daran denke, was ich für eine schlechte Mutter war. – Liebe Agnes, treibe es nicht zum

Äußersten. Es kommt die Zeit, da du jeden unüberlegten Schritt bitter bereust. Beschäftige dich mehr mit deinen Kindern, du wirst dann viel Freude an ihnen haben. Kinder bringen Abwechslung in unser Leben, sie machen das Leben einer Mutter erst glücklich. Man leidet dann nicht mehr unter der Einsamkeit. Mütter, die das behaupten, sind keine guten Mütter."

Wieder versuchte Agnes, die Schuld auf den Gatten abzuschieben, und Pucki bemühte sich, alle Mißverständnisse aus der Welt zu schaffen. Leider gelang es ihr nicht.

„Wir sind eben anders geartet", sagte Agnes. „Unsere Ehen sind gänzlich verschieden! Ich muß mir mein Leben so gestalten, daß es erträglich ist."

Als sie sich eine Stunde später verabschiedete, als Pucki nach Magnus rief, damit er der Mutter zum Abschied die Hand reiche, flüsterte der Knabe leise:

„Tante Pucki, ich brauche doch nicht mitzugehen. Darf ich noch hierbleiben?"

Agnes, die die Worte hörte, sagte streng: „Heute kannst du noch hierbleiben, aber morgen nehme ich dich mit."

Pucki sah das Erschrecken des Knaben, und wieder tat ihr das Herz weh. Sie durfte Magnus unmöglich seiner Mutter entziehen. Sie wollte heute noch dem Kinde verständig zureden und morgen Agnes erneut bitten, den Kindern mehr Liebe zu schenken.

„Ich gehe nicht zur Mutti", sagte Magnus, „ich bleibe bei dir!"

Puckis gütiger Zuspruch fruchtete vorerst nichts.

„Nein, ich gehe nicht", rief Magnus mit Tränen in den Augen. „Sie schimpft immerzu, und du schimpfst nicht. Tante Pucki, ich bleibe immer hier!"

Am späten Abend fand Claus seine Frau in traurigem Sinnen.

„Was ist los, Pucki?"

Sie schüttete dem Gatten ihr Herz aus. Sie sagte ihm, daß sie wenig Erfolg damit hatte, Agnes an ihre heiligsten Pflichten zu erinnern. Sie sprach auch von Magnus, der sich geradezu fürchte, zurück zu den Eltern zu gehen.

„Ich habe die Angst in den Augen des Kindes gesehen, Claus! Mir ist, als müßte ich weinen."

„Wieder einmal Regen in die Sommertage deines Lebens, meine liebe Pucki?" versuchte er zu scherzen.

Traurig blickte sie ihn an. „Ja, Claus, ich weiß, daß ein Lebenssommer nicht ohne Regen sein kann, aber ich fürchte, daß es wieder einmal Hagelschlag gibt."

„Das glaube ich nicht! Warum sollte Agnes so ganz aus der Art geschlagen sein? Ihr beiden anderen Schwestern seid doch so prächtige Menschen."

„Mir tun die beiden Kinder unendlich leid. – Ach, Claus, ich kann es nicht fassen, daß sich eine Mutter so versündigt. – Wie geht es Hella?"

„Wir müssen noch abwarten. Du weißt, eine Lungenentzündung braucht ihre Zeit. Erst in sechs Tagen kann ich dir Genaueres sagen."

„Ich habe große Angst! Hoffentlich wird Agnes nicht zu schwer dadurch gestraft, daß sie – – ihr Kind hergeben muß. In mir ist quälende Unruhe."

„Mache dir keine so schwarzen Gedanken, Pucki!"

„Dann wäre es wieder ein Hagelschlag in den Sommer meines Lebens."

„Ohne den geht es nun einmal nicht. Sei dankbar und zufrieden, daß du in deinem Garten so viele schöne Blumen hast, die sich zu herrlicher Blüte entfalten wollen. Du hast gesät, und du wirst ernten. Stürme bleiben keinem Menschen erspart, aber deine liebevolle Hand wird die Hagelkörner, auch wenn sie in deinen Lebensgarten fallen, wieder forträumen. Dir ist die seltene Gabe verliehen, meine liebe Pucki, zu trösten und zu heilen. Mit einem Lächeln, mit einem lieben Wort vermagst du oft mehr zu geben als andere."

Sie schaute zu dem Gatten auf. „Das hat mir kürzlich auch unser Karl gesagt. Es machte mich sehr glücklich. Er sprach ein Gedicht; ich weiß nicht, von wem es stammt. Es hat mich unendlich erfreut."

„Was für ein Gedicht?" fragte Claus mit verschmitztem Lächeln.

„Ich habe es leider nicht ganz behalten. Ich weiß nur, daß das Gedicht davon spricht, daß ein Lächeln, ein Händedruck Wunden heilen und Unheil verhüten kann."

„So ein Schlingel", lachte Claus.

„Warum?"

„Schmückt sich mit fremden Federn!"

„Das Gedicht stammt von dir, Claus?"

„Nein, aber du wirst diesen Vers als Motto über dem zweiten Bande von ›Puckis Lebensgeschichte‹ lesen. Ich fand ihn schön und passend. Nun, Karl kann den Vers zur Beherzigung auch brauchen. Ich freue mich, Pucki, daß Karl dir in vielem so ähnlich wird. Er hat dieselbe innere Herzlichkeit, dieselbe Güte, die du so oft zeigst. Hier hast du eine Blume gepflanzt, die kein Hagelschlag, kein Sturm vernichten wird."

„Ich bin der Meinung", sagte Pucki herzlich, „daß er ganz dein Ebenbild werden wird." – –

Am nächsten Tage stellte sich Agnes Niepel wieder ein.

„Tue alles, Claus, damit Hella bald wieder gesund wird", sagte sie.

„Ich tue meine Pflicht", erwiderte er kurz, „das genügt."

„Kann ich Hella nicht mit heimnehmen?"

„In diesem Zustande? Willst du dein Kind verlieren?"

Schweigend entfernte sich Agnes und kehrte zu Pucki zurück, die die Schwester nicht hinüber in die Klinik begleitet hatte, weil sie nicht Zeugin von Vorwürfen werden wollte, die Claus wahrscheinlich Agnes gegenüber aussprechen würde.

„Mach dich fertig, Magnus, packe deine Sachen zusammen“, gebot Agnes, „in einer Stunde fahren wir heim. Der Kutscher ist nur noch einmal in den Ort gefahren, Besorgungen zu machen, dann kommt er hierher zurück.“

„Ich möchte noch hierbleiben, Tante Pucki“, kam es schüchtern von den Lippen des Knaben.

„Ja, der Magnus soll noch hierbleiben“, rief Oskar, „er ist mein bester Freund! Mit ihm spielt es sich viel besser als mit den Mädchen.“

„Magnus kommt öfters zu uns“, beruhigte ihn Pucki. „Er kann dich von der nächsten Woche ab in der Wohnung deiner Eltern besuchen, denn dann kommen deine Eltern heim, Oskar.“

„Ich bleibe viel lieber bei dir, Tante Pucki“, bat Magnus aufs neue und schaute die Tante flehend an.

„Nein, du kommst mit“, herrschte Agnes den Knaben an. Sie wollte den bittenden Blick nicht sehen, den ihr die Schwester zuwarf. Sie fühlte sich auch ein wenig beschämt. Vielleicht wäre es in diesem Augenblick richtiger gewesen, ihrem Jungen ein paar liebe Worte zu sagen, aber vor Pucki brachte Agnes kein herzliches Wort über die Lippen. Daheim wollte sie es nachholen. Sie sah ein, daß sie ihrem Knaben kleine Zärtlichkeiten erweisen mußte, damit er sich ihr nicht ganz entfremdete.

Magnus und Oskar entfernten sich. Auch jetzt machte Pucki wieder einen Versuch, durch liebevolles Zureden die Schwester versöhnlicher zu stimmen. Leider hatte sie wieder wenig Erfolg damit.

Bald kam der Wagen zurück.

„Ich will Magnus holen“, sagte Pucki.

Sie ging hinüber ins Kinderzimmer. Dort waren aber weder Magnus noch Oskar zu finden. Sie fragte ihre drei Söhne, aber keiner von ihnen hatte die beiden Jungen gesehen. Auch im Garten verhallte ihr Rufen ungehört; es kam keine Antwort. Sie ging hinüber in die Klinik, in der Annahme, daß Magnus vielleicht bei der kranken Schwester weile, doch auch dort war das Kind von keinem gesehen worden.

Puckis Unruhe wurde immer größer und quälender. Die flehende Stimme des Knaben tönte ihr noch in den Ohren. Immer wieder hatte Magnus gebeten, bei Tante Pucki bleiben zu dürfen. War er auch fortgelaufen, hinein in den Wald?

Agnes stand im Zimmer mit hochrotem Gesicht. Pucki beauftragte Karl und Peter, überall hinzugehen und nach Magnus und Oskar zu rufen. Die beiden stürmten davon, man hörte ihr lautes Rufen; schließlich kehrten sie zurück, aber ohne die beiden Knaben. Niemand hatte sich auf ihr Rufen gemeldet. Nochmals durchquerte Pucki Hof und Garten, aber all ihr Mühen blieb erfolglos.

„So behalte das Kind heute noch hier", sagte Agnes bitter, „ich muß jetzt heim."

„Ich weiß ja nicht, wo Magnus ist", gab Pucki unruhig zurück, „auch Oskar fehlt!"

„Du magst eine schöne Meinung von mir haben", erwiderte Agnes bedrückt. „Das Kind flieht vor der eigenen Mutter, um bei der Tante zu bleiben. Es versteckt sich, es verläuft sich vielleicht und wird auch krank." Plötzlich legte Agnes beide Arme um Puckis Hals und begann zu weinen.

„Rege dich nicht auf", tröstete Pucki, „ich nehme bestimmt an, daß wir Magnus bald finden werden. Wahrscheinlich kommt er hervor, wenn – – du fort bist. Er möchte eben noch nicht heim, er will hierbleiben. Zürne ihm nicht zu sehr, er fürchtet sich vor den dauernden Scheltworten."

„Du wirst ihn natürlich loben?"

„Nein, Agnes, das werde ich nicht tun! Das wäre ganz falsch. Aber ich verstehe den Knaben; ich habe das größte Mitleid mit ihm."

Agnes trocknete die Tränen. „Du bist so ganz anders, Pucki! Du hast vielleicht recht – vielleicht erziehe ich meine Kinder falsch, vielleicht schenke ich ihnen zu wenig Liebe. – Ach, meine Ehe ist eben nicht so glücklich wie die deine!"

„Könnte das nicht geändert werden, Agnes? Wenn du den ernstlichen Willen haben würdest – –"

Wieder barg Agnes ihr Gesicht an der Schulter der Schwester. „Ach Pucki – Pucki – –" Dann riß sie sich zusammen. „Rufe mich sofort an, wenn du Magnus gefunden hast, damit ich beruhigt bin. – Meinetwegen kannst du ihn noch einige Tage bei dir behalten."

So fuhr Agnes ohne ihren Knaben ab. Pucki aber beauftragte ihre beiden ältesten Söhne, abermals Haus und Garten zu durchsuchen.

„Ihr könnt vorkommen", rief Peter lachend, indem er durch Hof und Garten eilte. „Wo ihr auch stecken mögt, kommt jetzt hervor, die Luft ist rein! – Der Wagen ist fort! Magnus darf noch einige Tage hierbleiben, Tante Agnes hat es versprochen. – Kommt also vor, damit die ewige Sucherei aufhört! Ihr steckt ja doch irgendwo, ihr Lümmel! – Der Wagen ist fort!"

Da öffnete sich langsam die Tür des Kohlenstalles. Zwei stark beschmutzte Knaben steckten ihre Köpfe durch den Türspalt.

„St – st – Peter", klang es flüsternd, „ist die Tante weg?"

„Ja, sie ist weg, aber eine Tracht Prügel habt ihr verdient! Wir rennen uns die Hacken nach euch ab und brüllen uns die Kehlen aus dem Halse. Wartet nur, Prügel kriegt ihr!"

„Das macht nichts", sagte Magnus, „wenn ich nur noch bei Tante Pucki bleiben darf."

Pucki machte den beiden Knaben ernsthafte Vorhaltungen; sie brachte es jedoch nicht fertig, Magnus zu bestrafen.

Schwere Tage

Das Befinden der kleinen Hella bereitete Pucki immer neue Sorgen. Wenn nur erst die Krise vorüber wäre! Aber damit war nicht vor mehreren Tagen zu rechnen. Doktor Gregor tat alles, was in seinen Kräften stand. Wenn ihn Pucki dann aber gar so angstvoll anschaute, hielt er ihren Blick nicht aus.

Sie besuchte häufig ihre kleine Nichte, da sie wußte, daß sich Hella über ihre Anwesenheit freute. Der Ausdruck des Kindergesichtes war viel glücklicher, wenn Tante Pucki am Bett saß, als wenn die eigene Mutter diesen Platz einnahm.

Hinter Pucki lag eine unruhige Nacht. Einmal war Mabel erwacht; sie hatte wieder von den Eltern geträumt und bitterlich geweint, so daß Pucki das Kind in ihr Bett nahm. Erst der tröstliche Zuspruch, daß Mabel ihr viertes Kind sei und sie alle ihre Kinder, wenn ihnen weh ums Herz war, in ihr Bett genommen und getröstet habe, ließ Mabels Tränen versiegen. Aber Pucki selbst hatte nach dem Einschlafen der Kleinen unruhige Träume.

So begab sie sich zeitig am Morgen hinüber in die Klinik, um behutsam nach Hella zu sehen. Da Claus zur Zeit in der Klinik schlief, sah ihn Pucki häufig erst in den späten Vormittagsstunden, wenn sie ihn aufsuchte, um wichtige Angelegenheiten mit ihm zu besprechen.

Sehr vorsichtig drückte sie die Klinke nieder, um ins Zimmer zu gehen, in dem Hella und ein anderes kleines Mädchen lagen. Noch schliefen beide, und so entfernte sich Pucki wieder geräuschlos. Sie ging den langen Flur entlang und blieb plötzlich stehen. Das war doch die Stimme ihres Mannes? Doch er sprach heute nicht in seinem gewohnten gütigen Tone, seine Stimme klang hart und streng.

Pucki lauschte. Claus war im Zimmer Nummer 2, in einem der am besten eingerichteten Räume, die die Klinik aufwies. Sie wußte nicht, wer in diesem Zimmer lag, aber sie hörte aufs neue die erregte Stimme des Gatten.

„Ich untersage Ihnen die ständige Klingelei während der Nacht. Es wird alles getan, was wir für Sie tun können. Nehmen Sie doch endlich Rücksicht auf die anderen Patienten und auf die Schwestern. Wenn Sie die Nachtschwester in der kommenden Nacht wieder sechsmal herausklingeln, werde ich Ihre Glocke nachts abstellen lassen."

„Das wäre ja noch besser! Sie scheinen zu vergessen, daß ich ein kranker Mann bin. Man hat Ihre Klinik sehr gelobt, aber so etwas ist mir noch nirgendwo geboten worden."

„Seien Sie zufrieden und glücklich, daß Sie die schwere Operation so gut überstanden haben und sich auf dem Wege der Genesung befinden, Herr Walzenhorn. Und nun gedulden Sie sich, bis das Frühstück kommt. Es dauert nur noch eine Viertelstunde."

Anscheinend näherte sich Doktor Gregor der Tür. Pucki hörte die erregte Stimme des Kranken. „Weglaufen wollen Sie, wo ich noch so viel zu fragen habe?"

„Ich habe keine Zeit mehr für Sie!"

Pucki verkrampfte erschrocken die Hände. Ihr Claus hatte keine Zeit für einen Patienten? Ihr guter, langmütiger Claus, der sonst niemals die Geduld verlor, der immer von gleichbleibender Freundlichkeit war, den man in der ganzen Gegend den liebevollsten und geduldigsten Arzt nannte, hatte heute keine Zeit? Pucki hörte die mit schriller Stimme gesprochenen Worte des Patienten, der ständig wiederholte:

„Das ist ja eine schöne Wirtschaft! – Und solch eine Klinik hat man mir empfohlen? Ich werde die Schwester herbeiklingeln, denn ich kann nicht länger warten."

„Die Schwester kommt in einer Viertelstunde mit dem Frühstück, bis dahin gedulden Sie sich."

„Ich habe ein Anrecht auf gute und rücksichtsvolle Behandlung, ich werde nicht warten! Ich werde so lange klingeln, bis man mich bedient."

Pucki fürchtete einen neuen Zornesausbruch ihres Gatten, aber dessen Stimme klang plötzlich ganz ruhig. Sie hörte wieder seinen warmen, zu Herzen gehenden Ton:

„Herr Walzenhorn, ich bitte Sie noch einmal, denken Sie an den schweren Beruf einer Krankenschwester. Ich weiß sehr wohl, daß Sie überaus nervös sind, aber ein wenig müssen Sie trotzdem Rücksicht nehmen. Wir tun alles, um die Patienten zu befriedigen und zu erfreuen.

Wenn Sie mit mir nicht zufrieden sind, so zeigen Sie wenigstens den Schwestern, daß Sie ein vernünftiger Mann sind und Verständnis für die Angestellten meiner Klinik haben. Sie werden sich das überlegen und ein Weilchen warten."

„Ich werde nicht warten!"

„Das Frühstück kommt in einer knappen Viertelstunde. Alles Klingeln wird Ihnen nichts mehr nützen, denn ich lasse die Klingel abstellen, da ich sehe, daß Sie absichtlich Unruhe stiften wollen. Meine anderen Patienten haben ein Recht auf Ruhe."

Pucki hörte den Schritt des Gatten näherkommen und entfernte sich ein wenig von der Tür. Da wurde sie geöffnet und deutlich vernahm Pucki wieder das laute Zetern des Patienten. Rasch warf sie einen Blick auf den Gatten, der sie noch nicht bemerkt hatte. Mehrmals strich er sich mit der Hand über die Stirn, als wolle er dadurch seinen Ärger verscheuchen.

„Ach du, Pucki", sagte er. „Hast du nach Hella gesehen?"

„Ja, sie schläft noch."

„Das Kind hat eine unruhige Nacht gehabt. Ich werde die kleine Irene in ein anderes Zimmer betten lassen. Sie wurde nachts mehrmals durch Hella gestört. Das darf nicht sein."

„Hast du schon gefrühstückt? Hast du ein wenig Zeit für mich?"

„Ich glaube, in meinem Zimmer steht das Frühstück."

Pucki hängte sich in den Arm des Gatten, der mit ihr in sein Sprechzimmer ging. Dort war gerade eine der Schwestern dabei, dem Arzt das Frühstück zu richten.

„Wenn Nummer 2 in der nächsten Viertelstunde klingelt, braucht niemand hineinzugehen", sagte Doktor Gregor hart. „Herr Walzenhorn kann seine Wünsche anbringen, wenn er sein Frühstück bekommt. Nicht eher!"

Als die Schwester gegangen war, fragte Pucki nach dem Patienten von Nummer 2. Claus zwang sich zu einem ärgerlichen Lachen.

„Ein sehr schwieriger Patient! Er hat eine schwere Operation hinter sich, ist jetzt aber außer Gefahr und macht sich unleidlich."

„Ich hörte, wie du ihn gescholten hast."

„Ja, ja, Pucki", lachte Claus, „das kommt auch vor. Selten, aber doch! Und hier ging es nicht anders. Er läßt die Schwestern Tag und Nacht nicht in Ruhe, er klingelt beständig. Hörst du das andauernde Schnurren der Glocke? Das ist er schon wieder."

„Du hast mir noch nichts von diesem Patienten erzählt."

„Liebe Pucki, hast du nicht genügend eigene Sorgen? Du trägst tapfer die deinen, ich trage die, die mir mein Beruf bringt."

„Wir gehören doch zusammen, Claus."

„Freilich, Pucki. In einer guten Ehe, wie wir sie führen, würde ich jeden Kummer, jedes Leid, das uns gemeinsam betrifft, mit dir teilen. Aber die Klinik braucht dich nicht auch noch zu bekümmern."

„Ach, Claus, ich dachte, bei dir geht jetzt alles glatt. Jeder liebt dich, jeder schätzt dein Können, überall behauptet man, es gäbe keinen besseren Arzt als dich. Was will dieser unleidliche Mensch von dir?"

„Seine Brieftasche!"

„Hast du diese Brieftasche? So gib sie ihm doch, damit er stille ist."

Claus umfaßte seine Frau zärtlich. „Er bekommt sie jeden Tag aufs neue."

„Ich würde ihm die Brieftasche belassen. Vielleicht hat er eine größere Summe darin und ist in Sorge um diesen Betrag."

„Wenn das so einfach wäre! Dieser Herr Walzenhorn gab mir, ehe er sich der Operation unterzog, seine Brieftasche. Nachdem dann die ersten schlimmen Tage vorüber waren, verlangte er sie zurück und legte sie unter sein Kopfkissen. Nachts wälzt er sich herum; natürlich rutscht die Brieftasche tiefer oder fällt gar aus dem Bett heraus, und er findet sie nicht an derselben Stelle. Anstatt aber erst einmal gründlich nachzusehen, klingelt er wie ein Besessener, weil er glaubt, jemand habe ihm während des Schlafes die Brieftasche entwendet. Die Gallenblase habe ich ihm herausoperiert; ich wünschte, ich könnte ihm auch den Brieftaschenfimmel gründlich herausschneiden."

„So soll er sich die Brieftasche an einem Bande um den Hals hängen, dann braucht er sich nicht mehr unnötig aufzuregen."

„Der Mann ist krankhaft nervös, und die Brieftasche ist sein besonderer Fimmel. Ich habe schon mehrmals energisch mit ihm geredet, aber weder im Guten noch im Schlimmen ist mit diesem Manne etwas anzufangen."

„Ja, Claus, ich hörte, daß du sehr streng mit ihm sprachst."

„Er ist glücklicherweise außer Gefahr. Aus diesem Grunde habe ich ihm auch das fortwährende Klingeln untersagt. – Aber lassen wir den unleidlichen Mann. In zehn Tagen ist er so weit, daß ich ihn entlassen kann. Das wird ein Freudentag für die ganze Klinik sein."

„Dabei hast du ihm das beste Zimmer gegeben."

„Er hat es verlangt."

„Ist in der Brieftasche viel Geld? Vielleicht sorgt er sich um den Betrag."

„Freilich ist viel Geld in seiner Brieftasche. Es ist furchtbar leichtsinnig von ihm, diesen riesigen Betrag mit sich herumzutragen. Aber er will mir das Geld nicht anvertrauen, er will es bei Tage und bei Nacht behalten."

„Erinnerst du dich daran, Claus, daß in Zimmer 2, unserem schönsten Zimmer, schon einmal ein Patient lag, der dir auch sehr viel zu schaffen machte?"

„Freilich, Pucki! Es war unser allererster Patient; es war dein Freund, Herr Wallner, der am Blinddarm operiert wurde und der dir in Eisenach, als du zum ersten Male hinaus in die Fremde gingst, so viel Ärger bereitete. An ihn denke ich noch sehr oft. Nun ist der alte Herr längst tot, aber ein liebes Gedenken bewahren wir ihm heute noch, zumal er sich in den letzten Jahren seines Lebens änderte."

„Ja, Claus, er hat mir zwar manche schwere Stunde bereitet, aber so schlimm war er scheinbar nicht wie dieser Herr Walzenhorn, mit dem du dich jetzt herumärgern mußt."

„Eine gewisse Ähnlichkeit habe ich zwischen den beiden Männern auch schon feststellen können."

„Wallner – Walzenhorn – das sind zwei böse W's. Du wirst keinen Kranken mehr nach Zimmer 2 legen dürfen."

Claus lachte. „Ich bin nicht abergläubisch. In Nummer 2 haben schon sehr viele nette Menschen gelegen."

„Hoffen wir, Claus, daß der nächste alles wieder gutmacht, was dieser garstige Mann an Ärger gebracht hat."

„Kleine, liebe Frau, mach dir darum keine Sorgen!"

„Es tut mir trotzdem sehr leid, Claus, daß du Ärger hast!"

Doktor Gregor sprang hastig auf. „Was willst du?" fragte Pucki.

„Etwas Watte zwischen das Klingelbrett und den Stöpsel stecken. Wenn auch die Klingelanlage nur leise schnurrt, mich macht dieses Geräusch doch langsam nervös. – Hörst du es nicht? Seit unserer Unterhaltung klingelt Nummer 2 dauernd."

„Vielleicht will er durchaus etwas haben. Soll ich einmal zu ihm gehen?"

„Pucki, ich warne dich! Ich möchte nicht, daß auch du noch verärgert wirst. Herr Walzenhorn bekommt in wenigen Minuten sein Frühstück. Dann wird er sich schon beruhigen." Da betrat Krankenschwester Maria das Zimmer, um Doktor Gregor zu einer Patientin zu rufen. Rasch trank Claus seinen Kaffee aus, drückte Pucki die Hand und eilte davon.

Pucki hielt die Schwester zurück. Es wollte ihr scheinen, als habe Schwester Maria verweinte Augen. Oder hatte sie Nachtwache gehabt und war nur übermüdet?

„Es gibt wohl viel Arbeit in der Klinik?" fragte Pucki freundlich.

„Glücklicherweise ja, Frau Gregor. Bis auf ein Zimmer ist alles belegt."

„Haben Sie auch mit Nummer 2 zu tun, Schwester Maria?"

Über das Gesicht der Pflegerin lief ein Zucken. „Ein sehr schwieriger Herr!"

„Mein Mann hat den Patienten soeben gründlich ausgescholten."

„Man soll nicht klagen, Frau Gregor, aber mitunter ist es fast unerträglich. Heute früh um sechs Uhr hat Herr Walzenhorn verlangt, ich solle die Polizei holen, weil ich ihm die Brieftasche entwendet hätte. Als ich ihm die Kisten aufschüttelte, fand sich natürlich die Brieftasche. Aber der Patient behauptet nach wie vor, daß ich sie gehabt und erst auf seine Drohung hin wieder ins Bett gelegt hätte."

„Darüber brauchen Sie sich aber doch nicht zu ärgern, Schwester Maria."

„Herr Walzenhorn darf seit gestern aufstehen. Er wird mit anderen Patienten zusammenkommen und von dem angeblichen Diebstahl erzählen. Ich kenne ihn."

„Mein Mann kennt Sie genau, Schwester Maria. Grämen Sie sich nicht. Auch dieser schwierige Patient geht einmal fort."

„Noch zehn Tage", seufzte die Schwester. „Wenn sie doch erst vorüber wären!" –

Gedankenvoll kehrte Pucki in ihre Wohnung zurück. Es gab wohl kein Leben, das nur lauter Sonnenschein war. Wenn man mit vielen Menschen zusammenkam, hörte man überall von Leid und Kummer. Mancher ertrug es still, mancher machte viel Aufhebens davon.

„Wie glücklich, wie dankbar muß ich sein", dachte Pucki, „daß ich, seit ich im Sommer meines Lebens stehe, von allzuschweren Schicksalsschlägen verschont geblieben bin. Zwar habe ich sie auch schon kennengelernt. Eberhard und Mary hätten so jung nicht zu sterben brauchen! Aber ich will an das schöne Wort denken: ›Wollest mit Freuden, wollest mit Leiden mich nicht überschütten, doch in der Mitten liegt stilles Bescheiden.‹ So will ich es halten", sagte Pucki leise, „so soll es auch in Zukunft sein. Ich habe meinen lieben Mann, habe drei gute Kinder: es wäre schlecht von mir, wenn ich klagen wollte!“

Kurz nach dem Mittagessen kam Agnes. Pucki wurde das Herz wieder recht schwer, als ihr Agnes einen neuen Hut zeigte, den sie sich aus Rotenburg mitgebracht hatte.

„Meine Freundin sagte, ich könnte den vorjährigen unmöglich noch tragen. – Wie geht es Hella?“

Pucki empfand es bitter, daß die Schwester zunächst an den neuen Hut und dann erst an ihr krankes Kind dachte. Sie gingen hinüber in die Klinik. Dort spielte Agnes allerdings die zärtliche Mutter. Wahrscheinlich kam ihr die Sorge um das Kind sogar von Herzen, denn immer wieder bat sie die Schwester, alles zu tun, damit Hella bald wieder gesund würde.

„Den ungezogenen Bengel, den Magnus, möchte ich heute mitnehmen. Aber wenn ich etwas davon sage, versteckt er sich wieder“, sagte Agnes.

„Laß ihn mir noch bis morgen“, bat Pucki. „Ich habe eindringlich mit dem Knaben gesprochen, und ich glaube, daß er morgen freiwillig mit dir geht.“

„Eigentlich müßte ich eifersüchtig auf dich sein, Pucki.“

„Sei ihm eine gute Mutter, liebe Agnes, und sein Herz wird zuerst dir gehören.“

Agnes entfernte sich bald wieder. Es war ihr peinlich, wenn die Schwester Fragen nach dem Gatten und ihrem Hauswesen stellte.

„Helfen kann ich hier doch nichts, morgen komme ich wieder“, sagte Agnes. „Macht mir nur meine Hella bald wieder gesund!“

Dann war Agnes gegangen; sie hatte mit Magnus nur wenige Worte gewechselt. Um so länger sprach Pucki mit dem Knaben. Sie versuchte, das Verhalten seiner Mutter in ein möglichst günstiges Licht zu stellen. Pucki erklärte ihm, daß eine Gutsfrau sich um viele Dinge zu kümmern hätte und unmöglich so viel mit ihren Kindern spielen könne wie eine andere Mutter.

„Zu dir darf man aber immer kommen, Tante Pucki, du hast immer Zeit."

„Ich bin ja auch keine Gutsfrau", erwiderte Pucki, schlug aber bei diesen Worten die Augen nieder. Sie dachte daran, daß auf ihr augenblicklich viel mehr Arbeit und Verantwortung lasteten als auf Agnes, die ihren Haushalt nicht in Ordnung hatte. Pucki versuchte dem Knaben einzureden, daß es in Zukunft zu Hause viel schöner sein werde als bisher, weil die Mutti so viele Sorgen um Hella ausgestanden hätte und nun ihre Kinder doppelt liebhaben würde. So erklärte sich Magnus schweren Herzens bereit, am morgigen Tage von Tante Pucki zu scheiden, um wieder ins Elternhaus zurückzukehren.

„Auch dein Vati hat Sehnsucht nach dir, Magnus! Du hast jetzt Ferien und kannst mit ihm durch die Felder gehen. Das wird dir viel Freude machen."

Magnus sah zwar nicht recht froh aus, aber Tante Pucki wünschte, daß er wieder heimging. Also blieb ihm nichts anderes übrig.

„Wenn ich aber auch einmal so krank werde wie Hella, darf ich dann wiederkommen? – Ach, das wäre schön!"

„Magnus, man wünscht sich keine Krankheiten! Ich hoffe, daß du recht gesund bleibst. Ihr kommt ja öfters zu uns, und zu Hause wird es auch sehr schön werden." – –

Am nächsten Tage war man in der Klinik in großer Unruhe und Sorge. Hellas Befinden hatte sich von Stunde zu Stunde verschlimmert. Doktor Gregor hielt es für angebracht, die Eltern zu benachrichtigen. Sie kamen beide und machten einen niedergeschlagenen Eindruck. Besonders Walter war sehr besorgt. Ob er sich sagte, daß seine Frau eine Mitschuld an der schweren Erkrankung Hellas trug? Agnes weinte am Bett ihres Kindes, das in schwerem Fieber lag und die Eltern nicht erkannte.

„Ach, Pucki", sagte Agnes später schluchzend, „es kann doch nicht möglich sein, daß mir Hella genommen wird. – Es wäre meine Schuld! – Nur das nicht! Ich könnte Walter nicht mehr in die Augen sehen!"

„Walter macht dir keine Vorwürfe“, tröstete Pucki.

„Nein“, sagte Agnes zögernd, „er ist ja gut zu mir; er merkt wohl, in welcher Unruhe ich lebe. – Aber es ist doch nun einmal meine Schuld.“

„Ja, Agnes, es ist leider deine Schuld! Ich hoffe aber, daß die Strafe für dein unüberlegtes Verhalten nicht zu schwer wird.“

„Pucki, ach Pucki – ich bin furchtbar unglücklich! Glaube mir, ich habe meine Kinder lieb. Wenn Magnus heute mit uns kommt, will ich geduldig und freundlich mit ihm sein.“

„Ja, Agnes, der Knabe braucht viel Liebe!“

Magnus wurde von den Eltern mit nach Hause genommen. Er unterdrückte tapfer die aufsteigenden Tränen, als er von Tante Pucki Abschied nahm. Scheu blickte er zur Mutter auf, die heute herzliche Worte für ihn fand.

Gegen Abend saß Doktor Gregor am Bett der kleinen Hella; dann rief er erneut auf dem Gute an. Es ginge noch immer sehr schlecht, er wisse nicht, was die Nacht bringen werde, berichtete er. Pucki kam, als sie die Kinder zu Bett gebracht hatte, nochmals in die Klinik. Ihre Augen füllten sich beim Anblick der kleinen Hella mit Tränen.

„Werden wir sie verlieren, Claus?“

„Das wird der morgige Tag zeigen.“

„Soll ich hierbleiben?“

„Nein, Pucki, Schwester Charlotte wird die Nacht über wachen, und ich bin ja auch da.“

Auch in dieser Nacht schlief Pucki sehr unruhig. Am frühen Morgen rief Claus an, daß der Zustand noch unverändert sei. Die Nacht wäre unruhig verlaufen. Die nächsten Stunden würden die Entscheidung bringen. Pucki gab der Schwester Bescheid. Agnes wollte sofort kommen.

Aber kurz vor ihrem Fortfahren fand sich ihre Freundin, Frau Wieland aus Rotenburg, ein, die mit Agnes eine Autofahrt für den kommenden Tag verabreden wollte. Agnes lehnte ab: Sie habe ein krankes Kind und müsse nach Rahnsburg. Die Freundin meinte zwar, daß das Kind ja in den allerbesten Händen sei, aber Agnes ließ sich dieses Mal nicht umstimmen. Die Ermahnungen Puckis waren schließlich doch auf einen fruchtbaren Boden gefallen.

Noch während Agnes mit ihrer Freundin Frau Wieland sprach, betrat das Hausmädchen das Zimmer mit dem Bemerken, daß Magnus in einen der hohen Lindenbäume, die hinter dem Gutshause ständen, gestiegen und von dort heruntergestürzt sei. Ein morscher Ast habe das Unglück wohl verschuldet.

„Ist etwas geschehen?“ fragte die Mutter angstvoll.

„Der Knabe weint furchtbar.“

„Ach, Agnes, was hast du für Unruhe mit deinen schrecklichen Kindern“, sagte Frau Wieland ärgerlich über die Störung. „Man muß Kinder nicht so verziehen. Man hat doch ein Recht an sich selbst und kann nicht nur für die Kinder da sein.“

„Entschuldige mich, ich muß hinaus.“ Agnes ließ die Freundin stehen, die verärgert heimging. Sie eilte rasch zu dem Knaben, der entsetzlich stöhnte. Er schrie laut auf, als man ihn vom Boden aufhob. Fuß und Knie bereiteten ihm unsägliche Schmerzen.

„Wo tut es dir weh? Hast du dir das Bein gebrochen?“ fragte Agnes den Knaben.

Da hörte das Stöhnen ganz plötzlich auf. Ein gespannter Ausdruck trat in die Augen des Knaben. „Hier tut es weh“, sagte er und wies auf den Fuß. „Ich bin krank. Komme ich nun zu Onkel Claus und zur guten Tante Pucki? Kann ich für lange Zeit bei Tante Pucki bleiben?“

Agnes hatte ein Gefühl, als träfe sie ein Peitschenschlag.

„Ach, wäre das schön“, sagte Magnus erneut, während er krampfhaft die Tränen verbiß. „Bringe mich doch zu Onkel Claus, dann soll Tante Pucki kommen, sie wird an meinem Bett sitzen und mich pflegen.“

Agnes wandte sich ab. Der Knabe durfte die Tränen nicht sehen, die ihr in die Augen traten. Puckis Worte waren in ihrem Gedächtnis geblieben, sie litt innere Qualen, wenn sie an die schwerkranke Hella dachte, aber der Ausdruck im Gesicht ihres Knaben, der ihr mit aller Deutlichkeit sagte, daß Gregors den ersten Platz in seinem Herzen einnahmen, wirkte geradezu vernichtend auf sie.

Was mußte sie für eine schlechte Mutter sein, daß ein Kind trotz heftigster Schmerzen nur den einen Wunsch hatte, zu anderen Menschen zu kommen, die seinem Herzen näher standen als die eigene Mutter.

Agnes rief sofort in Rahnsburg an. Der Krankenwagen wurde geschickt, ein Wärter holte Magnus ab, und seine Mutter begleitete ihn.

Claus stellte sehr rasch einen Bruch des Knöchels und eine Kniescheibenverletzung fest.

„Es tut wohl ein bißchen weh", sagte er zu Magnus, „aber dich werden wir schon wieder gesund machen."

„Dauert es lange, Onkel Claus?"

„Nun, ein ganzes Weilchen mußt du schon bei uns bleiben. Das kommt vom Klettern."

„Ach, Onkel Claus, ich weine ja nicht mehr, ich bin ja so froh, Onkel Claus. – Kommt Tante Pucki nun auch bald zu mir?"

Als Claus in das glückliche Kindergesicht sah, ahnte er, was in der Seele dieses Knaben vorging. – –

Frau Niepel weilte nur einige Augenblicke bei Hella, dann suchte sie Pucki auf. Schluchzend umfaßte sie die Schwester.

„Pucki – das ist zuviel für mich! – Das ertrage ich nicht! – Pucki, was habe ich denn getan, daß ich so furchtbar gestraft werde?"

„Ich glaube, dein Gewissen wird dir diese Frage beantworten. Du fühlst es in dieser traurigen Stunde selbst, liebe Agnes, daß du bisher keine gute

Mutter gewesen bist. Auch sonst hast du deine Pflichten nicht erfüllt. Aber du bist ja noch jung, du kannst alles ändern."

„Nein, Pucki, es ist zu spät! Ich habe die rechte Zeit versäumt. Eine innere Stimme sagt mir, daß ich Hella verlieren werde."

„Claus hofft, das Kind am Leben zu erhalten."

Aber Agnes ließ sich nicht so rasch trösten. Immer wieder machte sie sich die heftigsten Selbstvorwürfe. Die Tränen, die sie vergoß, waren echte Tränen der Reue. So hatte Pucki die Hoffnung, daß die schwere Prüfung, die Agnes jetzt durchmachen mußte, dazu beitragen werde, die Schwester zur Besinnung zu bringen, damit ihr Leben an der Seite ihres Mannes eine glückliche Zukunft erhoffen ließ.

Agnes wollte den heutigen Tag über im Doktorhause verbringen, um dauernd über das Befinden Hellas Bescheid zu haben. „Rufe Walter an", bat sie, „es ist mir jetzt unmöglich, heimzufahren. Behalte mich bei dir, du kannst so gut trösten, Pucki. Möge mir der liebe Gott meine Hella erhalten, dann soll alles anders werden, das verspreche ich dir."

„Mach dir nicht gar so schlimme Gedanken, Agnes, der liebe Gott ist barmherzig. Wenn er deine ehrliche Reue sieht, wird er dir dein Kind lassen."

„Pucki, gehe hinüber und frage, wie es mit Hella steht."

Pucki erfüllte der Schwester den Wunsch. Sie fand den Gatten im Zimmer des kranken Kindes. Noch konnte er seiner Frau keinen bestimmten Bescheid geben, aber weil auch er das Schlimmste befürchtete, benachrichtigte er Walter Niepel, der sofort in die Klinik kommen sollte.

Bange Stunden vergingen. Pucki und Agnes waren viel bei Magnus, der tapfer alle seine großen Schmerzen ertrug und immer glücklich seine geliebte Tante Pucki anlächelte.

„Ich bin so froh, daß ich bei dir sein kann; ich bleibe jetzt sehr lange bei euch!"

Dann kam endlich die Stunde, die Erlösung aus allen Zweifeln brachte. Agnes war vor Ermüdung in einen leichten Schlaf gefallen. Man ließ sie schlummern, niemand wollte sie wecken. Als dann aber aus der Klinik die Botschaft kam, daß Hella in einen ruhigen und erquickenden Schlaf gesunken sei, so daß man hoffen könne, das zarte Leben zu erhalten, weckte Pucki die Schwester.

„Du darfst hoffen, Agnes, ich glaube, das Schwerste ist nun überstanden."

Agnes drückte das Gesicht in ihre Hände. „Pucki", sagte sie unter Tränen, „wenn mir Hella erhalten bleibt, wenn auch Magnus keinen Schaden davonträgt, will ich anders werden. Eine andere Frau, eine andere Mutter! Von dir will ich lernen! Du sollst immer vor mir stehen als leuchtendes Beispiel! Ich habe endlich erkannt, was ich versäumte. Pucki, ach Pucki, hilf mir, daß ich die Liebe meiner Kinder wieder erringe. Sage es auch Walter, daß er mir vergeben möge."

„Sprich dich mit ihm aus, Agnes! Vertrauen in der Ehe ist die Hauptsache! Auch ich habe seinerzeit zu Claus vollstes Vertrauen gehabt, ich habe ihm alle meine Fehler ehrlich bekannt, und das wurde der Grundstein unseres Glückes. – Mache es ebenso! Laß allen falschen Stolz beiseite, sage ihm, wie es dir ums Herz ist, dann kommt auch zu euch das Glück, das du so lange entbehrt hast."

Agnes hielt die Schwester umschlungen. „Sprich weiter zu mir", bat sie leise, „sage mir, wie du bist, damit ich werde wie du!"

Pucki wehrte ab. „Meinst du, ich hätte keine Fehler und Schwächen? Aber ich habe einen große, heilige Liebe zu meinem Manne und zu meinen Kindern. Eine Liebe, die bereit ist, jedes Opfer zu bringen und das eigene Ich hintan zu stellen."

„Ja, Pucki, ich will es auch lernen!" – –

Als Walter kam, ließ Pucki die beiden Eheleute allein. Sie wußte nicht, was zwischen ihnen gesprochen wurde, wollte es auch nicht wissen, aber an ihren glücklichen Augen sah sie später, daß sich die beiden endlich gefunden hatten.

Hella schlief der Gesundung entgegen. Noch mußte man sie in strengster Obhut haben, denn die geringste Nachlässigkeit konnte die furchtbarsten Folgen haben. Aber Claus und die tüchtigen Pflegeschwestern sorgten dafür, daß nichts versäumt wurde.

Als Hella zum ersten Male der Mutter entgegenlächelte, war es Agnes, als öffne sich ihr ein neuer Himmel. Das kleine Mädchen schien aufzuhorchen, als die Mutter mit ihm sprach. Wie anders klangen heute ihre Worte als früher.

Auch Magnus verlangte hin und wieder nach der Mutter. Er, der Zehnjährige, überlegte schon, warum die Mutter plötzlich ganz anders geworden sei. Einmal äußerte er sogar, er wolle nun bald gesund sein, um mit der Mutti heimzugehen. Da schmiegte sich Agnes fest in den Arm ihres Mannes und sagte glücklich:

„Ich glaube, nun wird alles wieder gut werden. Hilf mir, Walter!"

*

Hellas Zustand besserte sich von Tag zu Tag. Auch bei Magnus verlief die Heilung normal, so daß man damit rechnen konnte, daß beide Kinder noch mit Ablauf des Monats ins Elternhaus zurückkehren konnten. Agnes hatte eine längere Unterredung mit Claus. Niemals verriet er seiner Frau, was zwischen ihnen gesprochen worden war; er zeigte nur ein recht zufriedenes Gesicht, und als Pucki einmal die Rede auf die Schwester brachte, klopfte er Pucki auf die Wange und sagte:

„Du hast es wieder einmal geschafft! Es ist erfreulich, daß es noch Menschen gibt, die solch guten Einfluß auf andere haben. Was du anpackst, Pucki, das gedeiht."

Wenige Tage später kamen auch Waltraut und ihr Gatte von der Reise zurück und holten ihre drei Kinder ab.

„Ich habe dir viel zu danken, Pucki! Wie glücklich, wie gesund sehen meine drei Kinder aus. Du hast sicherlich viel Mühe und Arbeit mit ihnen gehabt, aber du bist ja ein so selbstloses Geschöpf, das nie an sich selber denkt, sondern nur darauf sinnt, anderen das Leben glücklich zu machen.“

Die drei O's kehrten freudig ins Elternhaus zurück, obwohl sie der Mutter sagten, daß es bei Tante Pucki sehr schön gewesen sei und sie in Zukunft recht oft wiederkommen wollten.

Es dauerte auch nicht mehr lange, da begann die Schule wieder, und alles kam ins alte Geleise zurück. Nur Mabel und Regine wurden für dauernd in das Gregorsche Hauswesen eingereiht. Claus und Pucki hatten sich vorgenommen, Ende August für wenige Tage nach Bremen zu fahren, damit auch dort alles in Ordnung käme. Die Möbel mußten untergebracht werden, denn die Villa stand zum Verkauf. Man hoffte in Kürze zum Abschluß zu kommen. Claus hatte viele Besprechungen mit den Anwälten, denn das riesige Vermögen, das den beiden Kindern zufiel, mußte zum Teil neu angelegt werden. Als Vormund wurde er selbst eingesetzt, wie das Eberhard und Mary seinerzeit gewünscht hatten. Noch bereitete es Schwierigkeiten, die beiden Mädchen an die neue Umgebung zu gewöhnen. Sie waren an die Großstadt gewöhnt und fühlten sich in dem kleinen Rahnsburg nicht wohl. Aber Claus hoffte zuversichtlich, daß es Pucki auch hier wieder gelingen werde, alle Sehnsüchte zum Schweigen zu bringen und den beiden Kindern die neue Heimat lieb und wert zu machen.

Für die Klinik war es ein Freudentag, als auch der unleidliche und nervöse Patient Walzenhorn das Haus verließ. Man hörte später, daß er sich dennoch sehr anerkennend über die Behandlung ausgesprochen habe; er lobte auch die Ruhe des Arztes und seine Gewissenhaftigkeit.

Claus und Pucki lachten nur dazu. Beide hatten ein gutes Gewissen, beide wußten, daß sie in nichts ihre Pflicht versäumt hatten.

Der rätselhafte Mann

Die Schulferien waren längst zu Ende. Pucki und Claus waren aus Bremen zurückgekommen und hatten mit schwerem Herzen den Haushalt der Verwandten aufgelöst. Vieles war verkauft worden, aber eine Menge Möbel wurden behalten, darunter das Kinderzimmer, das Kinderschlafzimmer und der Salon der Mutter. Pucki meinte, Mabel und Regine würden sich heimischer fühlen, wenn sie teilweise in der früheren Umgebung lebten. Fürs erste mußte man freilich die Möbel auf einen Speicher stellen, denn das Doktorhaus war nicht so geräumig, um den beiden angenommenen Kindern zwei Zimmer einräumen zu können. Wenn Karl zum Frühling die Schule verließ und aus dem Hause ging, konnte man allerdings ein Zimmer für die beiden Waisen herrichten. Der Herzenswunsch Puckis würde sich allerdings noch lange nicht erfüllen lassen. Es wäre nicht schwer gewesen, das obere Stockwerk auszubauen; dann hätte man die Räume, die man brauchte. Ein einziges Mal hatte Pucki eine solche Andeutung gemacht, aber da schüttelte Claus den Kopf.

„Wird nicht möglich sein, Pucki. Ich habe doch erst vor kurzem den neuen Röntgenapparat kaufen müssen, der hat viel gekostet."

„Freilich, Claus, warten wir also noch ein Weilchen, bis uns das Geld für den Ausbau vom Himmel fällt."

„Pucki, wir wollen zufrieden sein mit dem, was wir haben. Meine Klinik ist mit den modernsten Einrichtungen versehen, und ich finde, wir haben mancherlei geschafft."

Für Gregors war es eine große Erleichterung, daß seit mehreren Jahren in Rahnsburg ein Gymnasium war. So brauchten sie ihre drei Söhne nicht aus dem Hause zu geben, wie das früher der Fall gewesen war. Pucki erinnerte sich noch recht genau jener Wochen, da sie zum ersten Male vom Elternhaus abwesend war, um in Rotenburg das Gymnasium zu besuchen. Zwar hatte sie bei Tante Grete liebevolle Aufnahme gefunden, aber die Sehnsucht nach dem Elternhause und nach dem geliebten Wald hielt das Kind jahrelang fest. Trotzdem verbanden Pucki viele liebe

Erinnerungen mit Rotenburg. Dort waren auch Claus und sein Bruder Eberhard zur Schule gegangen, ebenso der treue Hans Rogaten, der Jugendfreund, der längst eine eigene Apotheke besaß und Pucki schon mehrmals in Rahnsburg besucht hatte.

Mabel und Regine waren in Rahnsburg eingeschult worden. Erst konnten sie sich schwer einleben, doch fanden sie bald liebe Klassengefährtinnen, an die sie sich langsam anschlossen. Pucki war glücklich, wenn Mabel bald diese, bald jene Mitschülerin mit in den Garten brachte, wenn sie dort in der Hauptsache mit der Puppenstube spielte. Regine dagegen beschäftigte sich meist mit den Tieren, die Rudolf ausgesägt und die sie dann mit der verschiedensten Wolle beklebt hatte. All ihr kostbares Spielzeug von einst war beiseitegelegt worden, es wurde kaum noch von den Kindern angesehen.

So kam der September ins Land. Für Pucki war außer der täglichen Arbeit jetzt besonders viel in der Küche zu tun. Das Obst war reif, es wollte verwertet sein. So arbeitete sie manchmal noch am späten Abend, so daß Claus, wenn er aus der Klinik kam, seiner emsigen Frau oftmals mit dem Finger drohte.

„Willst du wieder zusammenklappen, Pucki? Muß ich mich für die Kinder wieder nach einer Frau Oberin umsehen?“

„Nun, unsere drei Jungen würde sie heute nicht mehr in Schrecken jagen. Und ›Füßchen rechts, Füßchen links‹ würde sie kaum noch mit ihnen spielen.“

„Das kann man nicht wissen“, sagte Claus. „Doch nun komm hinüber ins Wohnzimmer, denn ich sehne mich nach einer gemütlichen Plauderstunde.“

„Ja, Claus, ich will dich ohnehin etwas fragen.“

„Ich dich auch!“

„In fünf Minuten bin ich zur Stelle!“

Mabel und Regine waren bereits zu Bett gebracht worden. Karl saß in seinem Zimmer und arbeitete noch. Er mußte sich für das Abitur vorbereiten und nahm alles sehr ernst und gewissenhaft. Peter saß auf der Veranda und schrieb emsig, über ein schwarzes Buch gebeugt. Rudolf hatte sich ins Schlafzimmer zurückgezogen; wahrscheinlich lag er bereits im Bett. Er liebte es, zeitig schlafen zu gehen und war glücklich, wenn ihm an Sonntagen erlaubt wurde, zwei Stunden länger als sonst im Bett zu verbleiben.

So war das Gregorsche Paar allein.

„Was wolltest du von mir, Claus?“

„Ich habe dich in der letzten Zeit mehrfach unauffällig beobachtet, liebe Frau. – Du quälst dich mit irgendeinem Gedanken herum.“

„Oh, Claus“, lächelte sie, „genau dasselbe habe ich an dir bemerkt! – Es ist mir, als hättest du einen geheimen Kummer. – Nein, Kummer ist wohl nicht das richtige Wort. Du zergrübelst dir über etwas den Kopf und kannst die Lösung nicht finden.“

„Na, na, so schlimm ist es nun gerade nicht!“

„O doch, Claus – du grübelst und kommst zu keinem Ziel. Ich kenne dich viel zu genau, um nicht zu wissen, daß dich etwas stark beschäftigt.“

„Sage mir lieber, was dir fehlt, Pucki!“

„Erst will ich dich einmal an deine Worte erinnern, die du mir nach einer Strafpredigt sagtest: Ohne Vertrauen gehe jede Ehe in die Brüche. – Also, bitte, mein lieber Mann, krame deinen innersten Herzenswinkel aus und beichte!“

„Pucki, du wirst sehr enttäuscht über meine Eröffnung sein. Es handelt sich um eine Kleinigkeit.“

„Auch eine Kleinigkeit ist mir wichtig.“

„Gut! – Mich beschäftigt ein Patient meiner Klinik sehr stark.“

Pucki schlug in komischem Entsetzen die Hände zusammen. „Vielleicht wieder so ein gräßlicher Mensch wie Herr Walzenhorn, der beständig nach seiner Brieftasche suchte. Ach, wie froh war ich, als er fortging.“

„Ich auch, Pucki, und alle Schwestern mit mir."

„Was ist das jetzt wieder für ein Patient?"

„Er heißt Wilmington und ist Amerikaner."

„Wilmington", sagte Pucki seufzend, „das wäre also das dritte W: Wallner, Walzenhorn und Wilmington. – Was fehlt ihm denn?"

„Ich habe ihn zunächst zur Beobachtung da. Er ist mit dem Herzen nicht ganz in Ordnung. Ich glaube aber nicht, daß es etwas Bedenkliches ist. Der Herr scheint sehr auf seine Gesundheit bedacht zu sein. Er behauptet, er habe zeitweilig Beschwerden; nun soll ich feststellen, was es ist."

„Wenn er Amerikaner ist, warum kommt er dann gerade in unseren kleinen Ort? Er sollte besser in die Großstadt zu einem berühmten Spezialarzt gehen."

„Ich habe ihn bereits gefragt, warum er gerade auf Rahnsburg verfallen sei. Er meinte, er mache eine Reise durch Deutschland. Als er in unsere Gegend gekommen sei, habe er wieder einen seiner kleinen Anfälle bekommen. Er habe viel Gutes von meiner Klinik gehört, so sei er hergekommen."

„Macht er dir viel zu schaffen?"

„Nein, gar nicht."

„Warum bist du dann so nachdenklich, Claus?"

„Ich versuche zu ergründen, was der Mann von mir will. Er will bestimmt etwas. Es redet mir keiner ein, daß ein schwerreicher Amerikaner, der nur einen kleinen Herzfehler hat, plötzlich in dieses Nest kommt und in eine Klinik geht, um sich wochenlang dort beobachten zu lassen."

„Claus", sagte Pucki ein wenig ängstlich, „könnte dieser Mann ein Detektiv sein? Man liest und hört so mancherlei."

„Der Gedanke ist doch an sich verrückt, liebe Pucki, aber ich muß dir ehrlich gestehen, daß ich auch einen kleinen Argwohn habe. Ich bin der Überzeugung, daß mir Herr Wilmington nicht die Wahrheit sagt. Auf kleinen Widersprüchen habe ich ihn schon mehrfach ertappt. Er bekommt auch niemals Briefe, er holt seine Postsachen selbst ab und verbrennt sorgsam alle Nachrichten."

„Claus, das scheint mir ein gefährlicher Mann zu sein. – Was mag er wohl von uns wollen?"

„Da wir beide kein schlechtes Gewissen haben, Pucki, wollen wir ruhig abwarten. Wir werden ja mit der Zeit erfahren, was Herr Wilmington bei uns will."

„Ich habe ihn noch niemals gesehen."

„Das glaube ich gern! Er kann stundenlang am Fenster stehen und in den Garten hinaussehen. Er sitzt aber auch gern auf einer versteckten Bank im Garten und rührt sich nicht."

„Claus, der Mann will etwas von uns. – Vielleicht beobachtet er uns. Du mußt es so einrichten, daß ich mit Herrn Wilmington einmal zusammentreffe. Es prickelt mich geradezu in den Gliedern – ich muß sein Geheimnis ergründen."

Claus lachte. „Ich bin zwar der festen Überzeugung, daß du den Zweck seines Hierseins ebensowenig erfahren wirst wie ich, aber du bist ja ein listiges Geschöpf. Vielleicht ist es dir möglich, daß du ihn aushorchen kannst."

„Ich brenne auf die Bekanntschaft mit dem Amerikaner. – Spricht er ein gutes Deutsch?"

„Er spricht sehr gut Deutsch."

„Ich bin bereit, einen halben Tag lang nicht einzukochen! Ich lasse Äpfel und Birnen liegen. Der unheimliche Gast muß erst ausgehorcht werden."

Claus lachte. „Ich werde versuchen, dir den geheimnisvollen Mann morgen nachmittag zuzuführen. Ich rufe dich an, du gehst hinaus in den Garten, und ich komme mit Herrn Wilmington in jene Laube, in der du sitzt."

„Abgemacht!"

„Nun weißt du mein Geheimnis. – Jetzt bist du an der Reihe, zu gestehen!“

„Ja, Claus! – Ich grüble beständig darüber nach, wie wir es möglich machen können, das Haus auszubauen. Die schönen Möbel stehen auf dem Speicher, die beiden Mädchen wären froher, wenn sie ihre alte Umgebung hätten. Ich habe hinter deinem Rücken auf dem Bauhof angefragt, was es wohl kosten würde, und nun überlege ich, wie ich helfen könnte. Es ist mir, als hätten wir Mabel und Regine gegenüber die Verpflichtung, ihnen ein wenig von ihrer alten Heimat wiederzugeben. Das Geld der Kinder können wir natürlich nicht angreifen, es gehört uns nicht. Und borgen wollen wir es nicht von ihnen.“

„Nein, Pucki, das tue ich nicht. Ich habe zwar als Vormund der Kinder allerlei Rechte, die ich aber nicht zu meinem Vorteil ausnutzen will. Wenn dir die Vergrößerung des Hauses gar so sehr am Herzen liegt, müßte ich einmal mit der Bank oder der Stadtsparkasse verhandeln. Wir würden dort sicherlich Geld bekommen – –“

„Wir hätten dann freilich wieder einmal Schulden, Claus. Aber wir haben damals, als uns Marys Vater das Geld für die Einrichtung der Klinik borgte, doch auch Schulden gehabt, die wir rasch abarbeiten konnten. Claus, wollen wir es nicht einmal versuchen?“

„Wenn keine Fehlschläge eintreten, Pucki, wenn sich die Klinik weiter so entwickelt, könnten wir natürlich darangehen, unser Haus auszubauen. – Du weißt aber, ich bin immer ein Pedant gewesen. Schulden sind etwas Drückendes.“

„Das weiß ich genau“, lachte Pucki. „Ich habe auch einmal Schulden gehabt – damals, als ich Malstunden nahm und vor Frau Selenko die reiche junge Frau spielen wollte. Ach, Claus, mich haben die fünfzig Mark damals genau so gedrückt, wie unseren Peter vor zwei Monaten die neunzig Pfennige, die er sich in der Konditorei borgte.“

„Für seine Schwärmerei, die blonde Olga Haspe?“

„Sie ist abgeschafft. Peter sagte mir, sie wäre ihm zu teuer. Sie wolle immer Torte für dreißig Pfennige. Jetzt hat er eine andere, die gern Spritzkuchen ißt. Die kosten nur fünfzehn Pfennige. So hat sich die Spritzkuchenliebe in seinem Herzen mehr und mehr ausgebreitet, und er schwärmt nun für Lona!"

„Ich kannte ein junges Mädchen, das lief auch gern in die Konditorei ›Maiglöckchen‹ und schwärmte eine Zeitlang für einen Rennfahrer – –"

„Claus, sei still! – Willst du nie vergessen, was Pucki Sandler für tolle Streiche machte?"

„Nein, liebe kleine Frau! Alles ist in deinem Buche festgelegt und bleibt der Nachwelt erhalten. Du weißt ja, wie gern ich in diesem Buche lese. Meine helle Freude habe ich heute noch daran, was Pucki alles trieb und wie sie ihren Mitmenschen zu schaffen machte. – Wie anders ist die kleine Pucki geworden! Heute ruft man allerdings auch dauernd nach Pucki, aber ihre Hände sind segenspendend geworden. Sie hat gesät und darf nun ernten."

„Ach, Claus", wehrte Pucki ab. „Vergiß nur nicht den Mann aus Amerika, den Spion! – Was will er nur bei uns? – Morgen werde ich es dir hoffentlich sagen können." – –

Pucki hatte in dieser Nacht schwere Träume. Der unheimliche Patient war das Oberhaupt einer bösen Bande, die in die Klinik eindrang, die anderen Patienten hinausjagte und ihren Claus gefangennahm. Sie war froh, als sie erwachte und Claus schlafend neben sich sah.

„Ich werde alles ergründen", murmelte Pucki, legte sich auf die andere Seite und schlief bald wieder ein.

Am nächsten Tage war sie ziemlich erregt, ließ Claus zweimal an den Telephonapparat rufen und erinnerte ihn an die Abmachungen.

Heute kam Claus pünktlich zum Mittagessen herüber und berichtete Pucki lachend, daß Wilmington ganz aus sich selbst heraus den Wunsch geäußert habe, den Garten zu besichtigen.

„Ich habe ihm natürlich dringlich dazu geraten und erzählte ihm von den schönen Rosen, die noch in vollster Blüte stehen. Dort sollst du mit ihm zusammentreffen.“

„Ich werde diesen rätselhaften Mann ganz geschickt ausfragen. – Heute abend wissen wir dann alles!“

Kurz nach dem Kaffeetrinken ging Pucki in den Garten und machte sich an den Rosenstöcken zu schaffen. Sie schnitt die abgeblühten Blumen ab, schaute jedoch häufig den Weg entlang, ob der unheimliche Mann nicht käme.

Da kam er, groß, hager, mit durchdringenden Augen. Er war sehr gut gekleidet, ein Mann von etwa sechzig Jahren.

„Ein Blick wie ein Kriminalist“, stellte Pucki heimlich fest.

Er grüßte höflich und nannte seinen Namen. Dann fügte er hinzu, daß er vermute, die Gattin seines Arztes vor sich zu sehen. Pucki bestätigte das liebenswürdig. Herr Wilmington sprach von den schönen Rosen und wollte die Namen der verschiedenen Arten wissen, die Pucki bereitwilligst nannte.

„Wie fange ich es nur an“, dachte sie, „wie erkunde ich geschickt sein Geheimnis?“

Es war nicht leicht. Wohl fragte Herr Wilmington nach dem Alter der Klinik, ob sie sich gut rentiere und dergleichen mehr, als aber Pucki sich nach seinem Befinden erkundigte, wich er ihr aus.

„Sie haben drei Söhne?“

„Ja, drei prächtige Jungen!“

„Und kein Töchterchen?“

„O ja“, erwiderte Pucki, „zwei kleine Nichten, die die Eltern verloren haben. Wir nahmen sie ins Haus.“

„Ist das nicht störend?“

„Durchaus nicht“, erwiderte Pucki warm. „Die beiden Mädchen sind sehr lieb, und ich bemühe mich, den Unglücklichen eine zweite Heimat zu geben, damit sie das Schreckliche, das hinter ihnen liegt, vergessen.“

Wilmington fragte noch einiges über die Kinder, und Pucki gab ihm gern Auskunft. Immer wieder quälte sie der Gedanke, daß sie ihrem Ziele keinen Schritt näher käme. Sie hatte aber dem Gatten versprochen, zu ergründen, was der Fremde hier wollte. So stellte sie schließlich die unmittelbare Frage:

„Warum sind Sie gerade in die Klinik meines Mannes gekommen? Sie haben in Ihrem Lande sicherlich berühmte Ärzte, die Ihr Leiden feststellen können!“

„Die haben wir. Ich war jedoch in der Gegend, als ich wieder einmal einen Anfall bekam. – Warum sollte ich nicht eine Klinik aufsuchen, die mir auf das wärmste empfohlen wurde?“

„Gewiß – aber Rahnsburg ist ein kleiner Ort, und mein Mann ist außerdem kein Spezialist. Da Sie mit dem Herzen zu tun haben, wäre es doch richtiger gewesen, wenn Sie in ein Herzbad gefahren wären.“

„Ich sagte bereits, daß es der Zufall so fügte.“

Pucki gab sich mit dieser Antwort nicht zufrieden. Ihre Neugier war erwacht, sie wollte mehr erfahren.

„Wenn ein Ausländer Deutschland bereist, besichtigt er die großen Städte. Es gibt aber weder in Holzau noch in Rahnsburg etwas Sehenswertes. – Wie kamen Sie gerade nach Holzau oder gar nach Rahnsburg?“

„Die Neugier steht auf Ihrem Gesicht, Frau Doktor Gregor. Ich sagte Ihnen schon – der Zufall fügte es.“

„Und der Zufall fügte es auch, daß Sie sich in unserer Gegend ganz plötzlich unpäßlich fühlten?“

„Ich bin durchaus zufrieden, daß ich in diese Klinik kam.“

„Hörten Sie auswärts von unserer Klinik? Mein Mann wird als Arzt ja sehr gelobt."

„Ja, das hörte ich. – Aber – – Sie entschuldigen mich jetzt."

Eilig entfernte sich Herr Wilmington. Er bog in einen Nebenweg ein, und Pucki schaute ihm erstaunt nach. – Was hatte er schon wieder? Warum lief er mit raschen Schritten davon? Verjagte ihn der Lärm der näherkommenden Kinder? Es waren Mabel und ihre beiden Freundinnen.

„Wir spielen so schön, Tante Pucki", rief Mabel. „Wie haben wir schon gelacht! – Sieh mal, Tante Pucki, das hier ist unser neuestes Puppenkind!"

In einen Apfel war ein Gesicht geschnitten. Die Augen bestanden aus zwei Apfelkernen, ein größerer Apfel war der Rumpf, der mit einem Handtuch umwickelt war.

„Das ist ein gar liebes Puppenkind, das hat man zum Fressen gern", lachte Frau Gregor.

„Du bist kein Apfel, aber ich habe dich auch zum Fressen gern. Du bist doch die Aller-allerbeste!" Mabels Stimme schallte weithin durch den Garten.

Ein Weilchen sprach Pucki noch mit den Kindern, dann eilte die Schar weiter, und Frau Doktor Gregor nahm ihre Arbeit wieder auf. Sie war mit dem Ergebnis der Unterhaltung mit dem Amerikaner nicht zufrieden, denn sie hatte ja nichts erfahren. Sollte sie eine zweite Unterredung herbeiführen? Vielleicht konnte sie mit Schwester Maria reden, damit auch sie Herrn Wilmington ein wenig ausforsche, denn unheimlich war es ohne Zweifel, solch einen Patienten im Hause zu haben.

Der Fremde war in einen Seitenweg eingebogen und inzwischen immer eiliger durch den großen Garten geschritten. Als er an einer Laube vorbeikam, sah er zwei größere Knaben darin sitzen. Wie ähnlich sie der Frau des Hauses waren! Das mußten ihre Söhne sein.

Karl und Peter schauten den hageren Mann neugierig an. Sie hatten bereits erfahren, daß zur Zeit ein Amerikaner in des Vaters Klinik weile.

Das mußte er sein. Es dauerte auch nicht lange, so waren beide mit Herrn Wilmington im Gespräch.

„Schwestern haben Sie nicht, meine Herren?“ fragte der Amerikaner.

Peter fühlte sich höchst geschmeichelt, daß er bereits für einen Herrn angesehen wurde. So beeilte er sich mit der Antwort.

„Nein, wir sind drei Brüder, aber unsere Basen sind jetzt hier. So sind wir nun fünf Kinder.“

„Ich hörte davon, daß die Eltern der kleinen Mädchen verunglückt sind.“

„Ja – es war ein schweres Unglück.“

„Die Kinder sind darüber gewiß sehr traurig gewesen.“

„Natürlich waren sie das“, sagte Peter. „Wenn man ganz plötzlich die Eltern verliert, ist einem jede Lebensfreude genommen. – Jetzt lachen sie aber schon wieder, denn Vater und Mutter bemühen sich nach Kräften, den Waisen Freuden zu schaffen, damit sie leichter über den schweren Verlust hinwegkommen.“

„Man hätte die Kinder vielleicht in ein Waisenhaus geben können.“

„Das hätten die Eltern niemals getan“, warf Karl ein, „meine Eltern haben Mabel und Regine gern ins Haus genommen; mein Vater ist ihr Vormund, und wir alle sind glücklich, wenn die beklagenswerten Mädchen wieder froh werden.“

„Sehr schön gedacht“, gab der Fremde kühl zurück, „aber es läßt sich doch wohl nicht vermeiden, daß die eigenen Kinder mehr Liebe genießen als die angenommenen.“

Heiße Röte stieg Peter in die Wangen. Er dachte daran, wie er selber sich die dümmsten Gedanken gemacht hatte, nur um die beiden Mädchen wieder froh und glücklich zu machen. „Wir bemühen uns jedenfalls“, sagte er erregt, „den armen elternlosen Kindern Freuden zu machen. Natürlich gelingt es nicht immer. Wir halten es für unsere Pflicht, die Mädchen zu erfreuen. Vor allem aber sind meine Eltern so herzensgut zu den Mädchen, daß sie beide nicht mehr von uns fortgehen wollen. Sie sollen ja auch für immer hierbleiben. – Was nützt ihnen ihr vieles Geld, das sie von ihrer Mutter, einer reichen Amerikanerin, geerbt haben? Darnach fragen wir nicht! Mabel wäre gewiß glücklicher, wenn sie kein Geld, aber ihre Eltern behalten hätte."

Mister Wilmington kniff die Augen zusammen und schaute forschend auf die beiden jungen Leute. „Sie sind also der Meinung, meine Herren, daß die Kinder ihren Jammer langsam vergessen können?"

„Sie werden natürlich immer an den schmerzlichen Verlust der Eltern denken, aber deswegen muß ihnen doch eine fröhliche Kinderzeit werden. Meine Eltern sorgen dafür, daß Sonne in ihr Leben kommt."

Darauf verabschiedete sich Mister Wilmington von den Knaben. Man sah ihn später mit einer der Krankenschwestern sprechen, dann ging er wieder zurück zu dem Rosenbeet. Dort brach er eine der schönsten Blüten ab.

Pucki, die noch im Garten weilte, war von Mister Wilmington bald wiedergefunden.

„Ich habe mir erlaubt, eine Ihrer schönsten Rosen abzubrechen, Frau Doktor Gregor, und jetzt möchte ich Ihnen diese Rose geben."

Voller Erstaunen blickte Pucki auf. Mister Wilmington schien ihr plötzlich gänzlich verändert zu sein. Seine Augen blickten nicht mehr kalt, sondern herzlich zu ihr herüber.

„Ich danke Ihnen", sagte sie mit einem lieben Lächeln.

„Soeben lernte ich zwei Ihrer Söhne kennen; sie haben mir gefallen."

Puckis Gesicht strahlte. „Ich habe sehr gute Kinder und bin unsagbar glücklich darüber."

„Kein Wunder, da diese Söhne solch eine prächtige Mutter haben!"

„Ich muß nun ins Haus, Herr Wilmington, bitte, entschuldigen Sie mich." Pucki fühlte sich plötzlich in der Nähe des Fremden unfrei.

So verabschiedete sie sich eiligst, blieb aber plötzlich wieder stehen. – Das war doch Mabels jubelnde Stimme:

„Onkel John – Onkel John!“

Pucki lauschte.

„Onkel John aus Chikago! – Wie kommst du hierher? Bleibst du bei uns?“

Pucki kehrte um, trat näher und sah die beiden Mädchen in den Armen Mister Wilmingtons. Regine erblickte Pucki zuerst.

„Tante Pucki – Onkel John aus Chikago ist angekommen. – Oh, wie wir uns freuen!“

Pucki wußte nicht, was sie dazu sagen sollte. War dieser Amerikaner ein Bekannter ihrer beiden Nichten?

„Wir waren in Amerika bei Onkel John“, fuhr Regine erregt fort, „nun ist er herübergekommen! – Ach, ist das schön!“

Mister Wilmington wandte sich nun Pucki zu. „Das Rätsel ist gelöst, Frau Doktor Gregor“, sagte er lächelnd. “Nun wissen Sie, warum ich gerade die Klinik Ihres Mannes aufsuchte.“

„Tante Pucki, wie freuen wir uns! Mary hat uns erzählt, daß sie Onkel John schon als kleines Mädchen kannte. – Unser Großvater und Onkel John sind gute Geschäftsfreunde gewesen. Als wir in Chikago waren, hat uns Onkel John die Stadt gezeigt.“

„Und nun ist Onkel John gekommen“, sagte Mister Wilmington, „Onkel John, der so spät von dem furchtbaren Unglück hörte. Er kommt, um zu sehen, was aus den beiden Kindern geworden ist.“

Pucki strich sich mehrmals mit der Hand über die Stirn. Der rätselhafte Patient war also ein Freund der Familie ihrer verunglückten Schwägerin. Sie hatte bisher nichts von ihm gewußt. Auch in den Nachlaßpapieren war sein Name nirgendwo erwähnt.

Pucki wollte sich entfernen, da sagte Mister Wilmington: „Zunächst muß ich mich freilich den beiden Kindern widmen, doch später bitte ich um eine Unterredung mit der Frau, die ihre Mutterliebe zu gleichen Teilen zwischen ihren eigenen Kindern und zwei Waisen teilt. Davon habe ich mich in den letzten Tagen selbst überzeugt." Wieder wandte er sich an die Kinder: „Habt ihr Tante Pucki lieb?"

„Oh – sooo lieb!" Pucki mußte stürmische Liebkosungen über sich ergehen lassen.

„So, nun könnt ihr eurem Onkel erzählen, wie es euch hier gefällt", sagte Mister Wilmington. „Später bitte ich dann um eine Unterredung mit Ihnen, Frau Doktor Gregor."

Pucki ging davon, der Amerikaner blickte ihr lange nach. Tief erschüttert hatte er in Bremen die Kunde von dem Unglück vernommen. So war er sogleich nach Rahnsburg gefahren, um sich nach dem Ergehen der Kinder zu erkundigen. Die beiden Mädchen, die so viel im Garten spielten, waren häufig von ihm beobachtet worden. Durch zahlreiche Einwohner des Ortes, durch die Schwestern der Klinik ließ er sich vieles berichten, so daß schließlich sein Mißtrauen schwand. Die letzte Unterredung mit den Söhnen Doktor Gregors gab ihm die volle Bestätigung, daß Gregors die beiden Kinder nicht etwa um des Geldes willen, sondern aus innigstem Mitgefühl und verwandtschaftlicher Zuneigung aufgenommen hatten. Er hatte eine wertvolle, seltene Frau kennengelernt, in deren Herzen überreiche Mutterliebe wohnte.

Es dauerte geraume Zeit, bis sich Mister Wilmington von Mabel und Regine freimachen konnte. Dann saß er Frau Doktor Gregor gegenüber und enthüllte ihr sein Geheimnis. Um keinen Argwohn zu erregen, hatte er sich unter einem Vorwand in die Klinik Doktor Gregors aufnehmen lassen.

„Nehmen Sie mir mein Mißtrauen nicht übel", sagte er herzlich. „Bei Kindern, die solch ein großes Vermögen besitzen wie Mabel und Regine, ist es leicht denkbar, daß nur des Geldes wegen Liebe geheuchelt wird. Sie haben mich jedoch eines anderen belehrt. Ich habe während meines Hierseins vieles erfahren und weiß mancherlei. Ich weiß auch, daß Sie gern die Klinik noch erweitern und Unbemittelten freien Aufenthalt in diesem Hause gewähren möchten. Leider erlauben das Ihre Mittel nicht. So will ich Ihnen zwei Freistellen schenken. Sie haben diese Freistellen nicht einmal von dem Gelde meines Freundes Eberhard angenommen, da Sie glaubten, an das Vermögen des Verstorbenen nicht rühren zu dürfen. Ich aber bin durch meinen Aufenthalt in Rahnsburg so beglückt worden, daß ich Ihnen unbedingt eine Freude bereiten muß. Nehmen Sie diese beiden Freistellen an, und damit die Sache nicht wieder zu Wasser wird, machen wir alles heute noch vor dem Notar fest. Dann kehre ich beruhigt und befriedigt wieder in meine Heimat zurück."

„Mister Wilmington, ich – –"

„Bitte, kein Wort des Dankes, Frau Doktor Gregor. Ich selbst wurde überreich beschenkt. Wenn einer zu danken hat, bin ich es! Vierzehn Tage will ich noch hierbleiben. Ich gab vor, mich von Ihrem Gatten beobachten zu lassen; tatsächlich aber war ich der Beobachtende. Ich glaube sogar, ich habe Ihnen unruhige Stunden bereitet, denn Sie wußten mit dem rätselhaften Manne nichts anzufangen. Das hat nun ein Ende. Onkel John aus Chikago will mit den Enkelkindern seines Geschäftsfreundes noch einige fröhliche Tage verbringen."

Kurze Zeit darauf eilte Pucki hinüber in die Klinik. Sie mußte Claus von dem Glück erzählen, das ihr widerfahren war. Claus kam soeben aus einem Krankenzimmer.

„Claus – Claus", rief sie aufgeregt, „nun weiß ich alles über Mister Wilmington!"

„Hat es meine listige Frau wirklich geschafft?"

„Wir haben jetzt zwei Freistellen in der Klinik! Claus, wie bin ich glücklich!"

„Freistellen? – Vielleicht gar von Mister Wilmington?"

„Ja, Claus! – Er ist kein abscheulicher Patient, er ist ein sehr guter Mensch, der uns viel Freude bereitet hat. – Die Mädchen kennen ihn – –! Ach, Claus, das muß ich dir alles erzählen!"

Er zog Pucki in sein Zimmer und drückte sie aufs Sofa. „Schieß los mit deinen Neuigkeiten!“

Mit glückstrahlendem Gesicht berichtete Pucki: „Denke dir, Claus, er hat uns genau beobachtet wie ein richtiger Detektiv! Aber nun ist er zufrieden.“

Am Abend fand Onkel John in seinem Zimmer einen Rosenstrauß aus den schönsten Blüten.

Puckis reiches Leben

Es war für Pucki ein schöner Augenblick, als Mister Wilmington bei seinem Abschied die beiden Mädchen, Mabel und Regine, an sich zog und sie fragte, ob sie vielleicht mit ihm nach Amerika kommen oder lieber bei Tante Pucki bleiben wollten. Der Amerikaner hatte die Frage im Beisein von Frau Doktor Gregor gestellt. Pucki aber sah die Kinder nicht an, sie machte sich an einer Vase zu schaffen, die mit Blumen gefüllt war. Diese Vase wäre beinahe zu Boden gefallen, denn die Mädchen stürmten von Mister Wilmington fort, hin zu Pucki, klammerten sich an sie und riefen leidenschaftlich:

„Wir bleiben bei Tante Pucki, wir bleiben immer bei Tante Pucki. Wir haben sie furchtbar lieb!“

Tränen waren Frau Doktor Gregor in die Augen getreten, aber auch Mister Wilmington verbarg nur mühsam seine Rührung. Keine seiner Befürchtungen hatte sich bewahrheitet. Die Enkelkinder seines Freundes hatten hier im Hause Doktor Gregors ihre zweite Heimat gefunden und würden einstmals auf glückliche, sonnige Kindheitstage zurückblicken können.

Die beiden Freiplätze für die Klinik waren notariell festgelegt worden. Für Claus war es eine große Freude, denn es gab doch mitunter Menschen, die nicht in der Lage waren, die Kosten eines Klinikaufenthaltes aufzubringen. Selbst wenn Doktor Gregor diesen Patienten nach

Möglichkeit entgegenkam, so konnte er doch nicht alle Wünsche erfüllen, denn auch er hatte für seine Familie zu sorgen.

„Vergrößern, Herr Doktor – anbauen“, sagte der Amerikaner. Aber Claus schüttelte den Kopf.

„Kommt Zeit, kommt Rat“, erwiderte er. „Vorläufig soll mein Wohnhaus an die Reihe kommen. Meine Familie hat sich vergrößert und – –“

„Familie?“ fragte Wilmington zurück.

„Ja“, klang es warm zurück, „zu meinen drei Jungen habe ich zwei Mädchen bekommen. Ich denke, daß es mir gelingen wird, alles unter einen Hut zu bringen und allen Fünfen der gleichbleibende Vater zu sein.“

„Sie haben einst von meinem Freunde Backer ein Darlehen angenommen. Darf ich Ihnen die gleiche Summe heute anbieten?“

Auch jetzt lehnte Doktor Gregor wieder ab.

„Wenn Sie es nicht für sich nehmen wollen, so nehmen Sie es für Ihre Familie. Darf ich denn gar nichts für die Enkelkinder meines Freundes tun?“

„Wir schaffen es allein, Mister Wilmington. Seien Sie versichert, daß für Mabel und Regine in Zukunft gut gesorgt werden wird. Daß beide nicht mehr in dem Luxus leben werden wie früher, ist bestimmt für die Kinder kein Verlust. Im Gegenteil, sie sollen, trotz ihres späteren Reichtums, zu tüchtigen und sparsamen Menschen erzogen werden, die für ihre Mitmenschen immer etwas übrig haben und nicht nur an das eigene Wohlergehen denken.“

Noch einmal wandte sich Mister Wilmington an Pucki und erbot sich, auf seine Kosten das Wohnhaus ausbauen zu lassen, als Geschenk für die beiden verwaisten Mädchen.

Aber auch Pucki lehnte ohne Schwanken ab. „Es macht uns stolz und glücklich, aus eigener Kraft langsam weiterzukommen. Unser Haus wird bald in Angriff genommen werden, und wenn Sie einmal wiederkommen,

Mister Wilmington, werden Sie in ein hübsches Fremdenzimmer geführt werden, das neben den Räumen meiner beiden Mädchen liegt."

So war Mister Wilmington aus Rahnsburg geschieden, doch noch lange sprach man von dem Fremden, der durch sein anfänglich geheimnisvolles Verhalten die Familie beunruhigt hatte.

Wochen gingen ins Land. Das Weihnachtsfest rückte immer näher heran, und zum ersten Male lernten Mabel und Regine die süßen Heimlichkeiten kennen, die diesem Fest vorausgehen. In ihrem Elternhause war die Vorweihnachtszeit ganz anders gewesen. Mary hatte den Kindern Geld gegeben und ihnen gesagt, sie dürften sich nun alles das kaufen, was ihnen Freude mache. Dann war durch die Hausangestellten ein riesiger Weihnachtsbaum geschmückt worden, wobei die Kinder tatenlos zusahen. Hier, in Tante Puckis Hause, war alles ganz anders. Karl, Peter und Rudolf sorgten dafür, daß auch Mabel und Regine von der Geheimniskrämerei angesteckt wurden. Jeder machte eine Handarbeit, und immer wurde hinter verschlossenen Türen gearbeitet. Wenn dann Pucki einmal kam und ins Zimmer wollte, dann gab es ein Lachen und Gekicher oder den entsetzten Ruf: „Halt – hier wohnt der Weihnachtsmann!"

Ein herzliches Verhältnis hatte sich zwischen den drei Gregorschen Söhnen und den beiden Mädchen entwickelt. Peter war eigentlich der einzige, der hin und wieder grob wurde. Aber das beeinträchtigte die Freundschaft nicht. Mabel lachte ihn wegen seiner Heftigkeit aus, und Regine ahmte seine Zornesausbrüche so getreulich nach, daß Peter oftmals selbst darüber in lautes Lachen ausbrach und heimlich beschloß, in Zukunft etwas freundlicher zu sein. Leider besaß er nun einmal das hitzige Temperament, vielleicht ein Erbteil seiner Mutter, die ja in ihrer Jugend auch recht oft über das Ziel hinausgeschossen war.

So verging die Zeit bis zum Weihnachtsfest recht schnell. Pucki hatte wieder alle Hände voll zu tun, denn es galt doch in diesem Jahr, noch mehr zu beschenken und für jeden das herauszufinden, was ihn erfreute. Vor allem durfte in keinem Zimmer der Klinik am Weihnachtsabend

Traurigkeit herrschen. Besonders der Bettlägrigen mußte man gedenken, die an diesem Tage besonders gedrückt waren. Es standen Pucki ja so viele Helfer zur Seite, denn auch Mabel und Regine freuten sich auf den gemeinsamen Rundgang durch des Onkels Klinik, bei dem jeder Kranke mit einem Geschenk bedacht werden sollte.

Eine große Freude bereitete Frau Doktor Gregor das Verhalten der beiden Mädchen. Wie war es möglich, daß sich die Ansichten der beiden Kinder innerhalb weniger Monate so wandeln konnten? Damals, als Mabel und Regine zu Besuch nach Rahnsburg kamen, sprachen sie nur von dem vielen Geld, das sie besäßen, und daß man sich mit Geld alles kaufen könne, was man zum eigenen Wohlbehagen brauche. Da wurde mit keinem Wort davon gesprochen, daß man auch andere beglücken könne. Und jetzt baten die beiden Mädchen beständig darum, von ihrem Gelde den Kranken Weihnachtsfreuden zu bereiten.

„Uns bringt der Weihnachtsmann doch auch manches. Warum sollen wir da nicht den Weihnachtsmann spielen und den armen Kranken, die so viel leiden müssen, etwas kaufen?“

Pucki sprach darüber mit ihrem Gatten. „Claus, wie ist es möglich, daß die Kinder sich so bald derart wandeln konnten?“

„Du hast sie doch seit einem halben Jahr in Händen, Pucki. Mich nimmt das gar nicht wunder, wenn sie heute schon eine andere Lebensauffassung haben als früher.“

„Nein, Claus, das ist es nicht allein.“

„Ganz gewiß, Pucki! Sie brauchen nur auf dich zu sehen, um aus allen deinen Handlungen und Worten zu erkennen, daß Geben seliger ist als Nehmen! Kinder achten gar sehr auf die Erwachsenen, und Mabel und Regine sind für ihr Alter schon sehr reif. Sie haben in unserem Hause glückliche und zufriedene Menschen kennengelernt; jeder schafft rastlos und mühevoll, und jeder ist dabei zufrieden. Das hat Eindruck auf sie gemacht! Sieh dir doch ihre Wunschzettel an. Ist es nicht beglückend, daß die beiden Mädchen mit solchen bescheidenen Dingen zufrieden sind? Ich glaube, vor einem Jahre hätten sie andere Wünsche geäußert.“

„Sie möchten gerne schenken und deine Kranken beglücken. Du bist ihr Vormund, Claus, und ich glaube, es ist gut und richtig, wenn wir den Kindern einige Mittel zur Verfügung stellen. Ich werde mit ihnen einkaufen gehen."

„Ja, Pucki, ich darf als Vormund der Kinder mit gutem Gewissen deinem Verlangen zustimmen. Unsere Mädelchen werden dadurch große Weihnachtsfreude haben, und dieses Schenken wird für ihr späteres Leben von Bedeutung sein."

Doktor Gregor hatte sich nicht geirrt. Schon das Einkaufen der kleinen Geschenke für die Kranken der Klinik bereitete den Kindern große Freude. Es wurde nicht blind darauflosgekauft. Pucki riet, die Kinder sollten sich in die einzelnen Zimmer begeben, um die Kranken kennenzulernen und dann behutsam zu erforschen suchen, womit man jeden erfreuen könne.

„Bei jedem Kranken ist es anders", sagte Pucki erklärend. „Einer braucht etwas für sein tägliches Leben, ein anderer hat Freude an Leckereien, ein dritter bekommt schon Süßigkeiten in Hülle und Fülle von daheim; da heißt es nachdenken, meine lieben Kinder. Auch das gehört zu den schwierigen Weihnachtsvorbereitungen."

Auf diese Weise führte Pucki die beiden verwöhnten Kinder unauffällig dem Verständnis für die Wünsche der Kranken näher. Selbstverständlich sorgte sie peinlich genau dafür, daß nur jene Kranken besucht wurden, die ein Kinderbesuch nicht aufregte und deren Gesundheitszustand eine längere Unterhaltung zuließ.

So weilten die beiden Mädchen oftmals bei den Patienten, fragten und forschten, mitunter in recht ungeschickter Weise, aber niemand verübelte ihnen das. Man sah es den leuchtenden Kinderaugen an, daß hier nur der Wille galt, Freude zu spenden.

So kam das Weihnachtsfest heran. Pucki hatte befürchtet, daß die Erinnerung an die toten Eltern die Freude der Kinder stark beeinträchtigen würde, und wirklich gedachten beide Mädchen gerade in diesen Wochen mehr als sonst betrübt der vergangenen Zeiten. Aber das

Glück, das herrliche Weihnachtsfest hier in Puckis Hause erleben zu können, überwog alles. So verlief der Abend in schönster Harmonie. Pucki hatte auf ihrem Gabentisch unter anderem ein Buch gefunden, den zweiten Band ihres Lebens, das den Titel trug: „Ein reiches Leben!"

Wieder hatte Doktor Gregor kleine Erlebnisse aus dem Leben seiner Frau zusammengetragen, aber diesmal waren keine tollen Streiche darin zu finden. Immer wieder wurde Puckis goldenes Herz gezeichnet, ihre offene Hand, ihr Verständnis für die Not der Mitmenschen und die große Gabe, in taktvoller Weise Tränen zu trocknen.

Karl wies auf das Motto des Buches und las halblaut die Zeilen:

„Doch arm und kalt wär' dein Leben,
wenn keiner dein Helfen empfand."

„Ich wußte keinen besseren Vers für dich, Pucki", sagte der Gatte.

„Ach, Tante Pucki", rief Mabel begeistert, „immer machst du Freude! Wenn du kommst, lacht jedes Gesicht. Onkel Claus, war das schön, als wir vorhin zu deinen Kranken gingen und jedem etwas schenken konnten. Ich möchte immerfort schenken! Ich möchte wie Tante Pucki sein, damit sich jeder freut, wenn ich komme. – Oh, ich habe wohl gesehen, wie glücklich die Menschen waren, als wir eintraten."

„›Ihr Weihnachtsengelchen‹, hat einer gesagt", rief Regine. „Er hatte einen Verband um den Kopf und lag ganz still im Bett und sah uns mit seinen Augen ganz groß an. – Im nächsten Jahre sind wir wieder Weihnachtsengel!"

„Seid ihr denn mit euren Geschenken zufrieden?" fragte Pucki.

„Oh, es ist alles so schön", rief Regine. „Jetzt säge ich mit meiner Laubsäge einen schönen Stall mit Fenstern. – Und so schöne Tapete habt ihr mir geschenkt für eine neue Puppenstube."

„Wir bauen einen feinen Stall mit einer Futterkrippe. Die Tiere kommen an Ketten, wie es bei Niepels auf dem Gute ist.“

Niepels! – Ein glückliches Lächeln verschönte Puckis Gesicht. Auch bei Niepels war es anders geworden seit jenen schlimmen Tagen, in denen Hellas Leben nur noch an einem Faden hing. Kurz vor Weihnachten war Walter ins Doktorhaus gekommen, um Pucki nochmals innigsten Dank zu sagen für alles, was sie an Agnes getan hatte.

„Ich habe jetzt ein glückliches Heim, liebe Pucki. Das verdanke ich dir!“

Claus ahnte, womit sich die Gedanken seiner Frau beschäftigten. Zärtlich zog er sie an sich. „Auch dort hast du Glück gespendet, Pucki! Du bist eine seltene Frau!“

In den Weihnachtsfeiertagen wurde im Doktorhause mächtig gebastelt. Auch Karl und Peter hatten Interesse an dem großen Stall, der von Rudolf ausgesägt wurde. Da gab es Boxen für die jungen Kälber und Fohlen, während ein besonderer Anbau für die Schafe bestimmt war. Es gab einen Futtermeister und sogar Heugabeln aus Holz. Karl versorgte schließlich den Stall mit elektrischem Licht. Er legte mit einer Batterie eine kleine Lichtanlage an. Nun waren die Kinder restlos begeistert und dauernd wurde an den kleinen Lämpchen geknipst. Die Basen und Vettern kamen zu Besuch und bewunderten das Entstandene. Oskar, Waltrauts Ältester, wollte durchaus im nächsten Jahr auch solch einen Stall haben. Schließlich gab es ein Einweihungsfest, zu dem noch Mabels und Regines Freundinnen geladen wurden. So konnte Pucki mit innerer Freude feststellen, daß ihre beiden Schützlinge nur noch selten an ihr einstiges Heim zurückdachten. Freilich sorgte sie auch dafür, daß die toten Eltern nicht vergessen wurden. Aber die Trauer um die Verlorenen hatte sich in stille Wehmut gewandelt, die von Puckis Liebe übersonnt wurde.

Der letzte Tag des Jahres!

Pfannkuchen waren gebacken worden. Bei einem Glase Punsch wollte man das neue Jahr erwarten. Pucki hatte heute ausnahmsweise erlaubt, daß auch Mabel und Regine dabei sein dürften, unter der Voraussetzung, daß beide Mädchen sogleich nach dem Mittagessen mehrere Stunden zu

Bett gingen. Willig fügten sich die Kinder. Mabel behauptete zwar, sie hätte daheim alle Jahre um Mitternacht ein großes Feuerwerk abgebrannt und wäre dann noch lange mit vielen Gästen zusammengewesen; so könne sie gut eine ganze Nacht durchwachen. Sie verstummte aber sehr rasch, als sie in Tante Puckis liebe Augen sah und meinte kleinlaut:

„Liebe Tante, ich tue schon alles, was du willst. Ich bin ja nicht mehr bei Mary, sondern bei Mütterchen Pucki."

Pucki zog die kleine Mabel an ihr Herz. Zum ersten Male war von den Lippen des Kindes dieses Wort gefallen.

„Die Jungen nennen dich alle Mutti, sie sprechen immer nur von ihrem lieben Mütterchen. Da habe ich manchmal auch Sehnsucht, Mutti zu sagen."

„So sage es doch, mein kleiner Liebling!"

„Pucki-Mütterchen – Pucki-Mutti! Mutti-Pucki! Das klingt aber schön."

Auch Regine kam herbei. „Mutti, Mutti – Mutti", rief sie jubelnd und umarmte die Tante stürmisch.

„Ja, das klingt wirklich schön. Damit habt ihr mir noch nachträglich eine sehr große Weihnachtsfreude gemacht."

„Wir wollen dir immer nur Freude machen. Im neuen Jahr noch viel mehr als bisher!"

Der Abend kam. Das Nachtmahl war eingenommen; im Wohnzimmer saßen alle bei der dampfenden Bowle und sprachen den Pfannkuchen tüchtig zu. Auch Walter und Agnes hatten sich eingefunden; sie wußten ihre Kinder in der treuen Hut der Großeltern, die seit dem Weihnachtsfest als Gäste auf dem Gute weilten. Es waren ja Frieden und Freude im Niepelschen Hause eingekehrt, da kam man gern zu Besuch.

Wie viele Gedanken gingen durch Puckis Kopf! Was hatte ihr das letzte Jahr gebracht? Claus trat zu ihr und legte seinen Arm um die Schulter der treuen Lebensgefährtin.

„In einer knappen halben Stunde kommt das neue Jahr", sagte er leise, „was wird es uns bringen? Vielleicht neues Leid? Das eine aber weiß ich, meine liebe Frau, daß uns beide auch eine schwere Prüfung nicht niederwerfen kann. Ich habe dich, du hast mich! Von unseren drei Söhnen wird uns wahrscheinlich kein Kummer kommen, und auch der Familienzuwachs hat uns bereits viel Freude gebracht. – Du bist meine starke, meine tapfere Frau, die mit mir alles freudig trägt, die mit mir alle Sorgen teilt, die mich sehr glücklich gemacht hat."

„Ach, Claus, warum redest du davon? Was ich tue, tue ich aus Liebe zu dir und den Kindern. Ich finde, ich erfülle nur meine Pflichten und weiter nichts!"

„Wenn jeder es mit seinen Pflichten so ernst nehmen würde wie du, liebe Pucki, wäre es sehr gut um die Menschheit bestellt. Dein warmes Herz, deine offene Hand werden dir immer Liebe und Dank einbringen."

„Claus, helfen dürfen, überall Beistand leisten, das ist doch das, was den Menschen wahrhaft glücklich macht! Wenn ich das kann, so verdanke ich es eigentlich dir."

„Helfen, immer für andere dasein, das ist Pucki! So warst du immer. Denken wir einmal an deine Kindheit, an deine Jugend. Schon das Kind lud zahlreiche Schulkameradinnen ein, und die arme Mutter mußte Waffeln in Mengen backen, weil du nicht wolltest, daß eine leer ausginge. Immer hast du gern gegeben. Nicht nur deine Freundinnen haben dir viel zu danken, auch Erwachsene, die älter waren als du, hängen noch heute mit zärtlicher Liebe an dir. Das haben dir die vielen Briefe bewiesen, die zum Weihnachtsfest und heute bei uns eingingen. Wer denkt nicht alles an dich? Da ist der gute Hans Rogaten, da ist Prell mit seinen Jungen, dein Maler Lars Alsen, deine Freundin Carmen sehnt sich nach dir, und so geht es fort. Mit jedem dieser Briefschreiber verbindet dich eine liebe oder wohl auch manche unangenehme Erinnerung. Dennoch schreiben alle, weil sie dich trotz deiner mancherlei Streiche herzlich lieben lernten. Und meine Pucki, der einstige Puck, der auf den Bäumen saß und die Vorübergehenden mit Kienäpfeln bewarf, um sie zu ärgern, ist längst meine Frau, die überall beliebte und geschätzte Frau des Arztes Doktor Gregor.“

„Vati, darf ich der Mutti am Ende des Jahres auch etwas sagen?“ fragte Karl.

„Freilich, mein Junge.“

Claus trat zur Seite und ließ seinen Ältesten mit der Mutter allein im Erker stehen.

„Für mich ist das neue Jahr von ganz besonderer Bedeutung, Mutti. Ich werde mein Examen machen und dann das Elternhaus verlassen. Ich werde aber zu keiner Stunde vergessen, was es mir war und was ihr mir seid. Mag mich das neue Jahr hart anfassen, ich halte stand! Ich hoffe, daß ich dir und dem Vater einmal alles das vergelten kann, was ihr an uns Kindern getan habt. Und ich erinnere mich heute an den schönen Traum, den du einst hattest. Ihr fandet im Walde den Weg nicht, ich aber ging mit der Axt voran und fällte die Bäume. – Ach, daß ich euch euer Leben später verschönen dürfte!“

„So sollst du es auch halten, mein Junge! Du sagst, das kommende Jahr werde dich vielleicht hart anfassen. Nein, Karl, es wird dir nur viel Neues bringen, es führt dich in einen anderen Kreis von Kameraden. Du sollst mit ihnen fröhlich und glücklich sein. Und wenn du meinst, daß Helfen glücklich macht, so tue es auch. Es ist ja so leicht!“

„Ja, Mutti, so steht es in dem Gedicht, daß dir der Vater über den zweiten Teil deines Lebensbuches schrieb: ›Es kostet uns wenig zu geben, Wort, Lächeln und helfende Hand.‹ So will ich es immer bei den Kameraden halten!“

„Der Vati schrieb mir einen wunderschönen Spruch über mein Lebensbuch. Ebenso möchte ich dir für deinen neuen Lebensabschnitt einige Zeilen mitgeben, mein lieber Karl. Gleich werden die Glocken das neue Jahr einläuten. Möge es uns allen zum Segen werden! Du aber gedenke, wenn du inmitten deiner neuen Kameraden stehst, an die

Worte, die Herybert Menzel, ein Dichter der jungen Generation, auch für dich geschrieben hat:

„Wenn einer von uns müde wird,
Der andre für ihn wacht.

Wenn einer von uns zweifeln will,
Der andre gläubig lacht.

Wenn einer von uns fallen sollt',
Der andre steht für zwei.

Denn jedem Kämpfer gibt ein Gott
Den Kameraden bei."

Die Glocken begannen zu läuten. Ein neues Jahr zog herauf. Claus und Pucki wurden von ihren Kindern umringt, herzliche Glückwünsche gewechselt. Es wurde aber auch manch ein stummes Gelöbnis getan. Walter und Agnes blickten sich wortlos in die Augen.

Pucki ergriff die Hände ihrer Kinder. Eins nach dem andern zog sie zärtlich an sich, schaute sie alle an, und das Herz war ihr übervoll von Glück. Von einer Ernte hatte ihr Ältester gesprochen, einer Ernte, die sie im Sommer ihres Lebens schon halten dürfe. Ja, sie hatte gesät, und die Saat war herrlich aufgegangen.

„Bist du zufrieden, Pucki?" fragte Claus.

„Glücklich bin ich, Claus, glücklich über alle Maßen!"

CPSIA information can be obtained
at www.ICGtesting.com
Printed in the USA
LVHW051455071222
734629LV00030B/972